小银和我

[西班牙]
胡安·拉蒙·希梅内斯 著

轩乐 译

人民文学出版社

Juan Ramón Jiménez

PLATERO Y YO

图书在版编目(CIP)数据

小银和我/(西)胡安·拉蒙·希梅内斯著;轩乐译. —北京:人民文学出版社,2023

ISBN 978-7-02-017993-0

Ⅰ.①小… Ⅱ.①胡… ②轩… Ⅲ.①散文诗—诗集—西班牙—现代 Ⅳ.①I551.25

中国国家版本馆CIP数据核字(2023)第082596号

责任编辑　张欣宜
装帧设计　李思安
责任印制　张　娜

出版发行　人民文学出版社
社　　址　北京市朝内大街166号
邮政编码　100705

印　　刷　北京汇林印务有限公司
经　　销　全国新华书店等

字　　数　124千字
开　　本　787毫米×1092毫米　1/32
印　　张　9　插页4
印　　数　1—4000
版　　次　2023年6月北京第1版
印　　次　2023年6月第1次印刷

书　　号　978-7-02-017993-0
定　　价　69.00元

如有印装质量问题,请与本社图书销售中心调换。电话:010-65233595

胡安·拉蒙·希梅内斯

A.JUAN R.JIMÉNEZ

J.SOROLLA 8

华金·索罗亚 绘，约 1903 年

华金·索罗亚 绘，1916 年

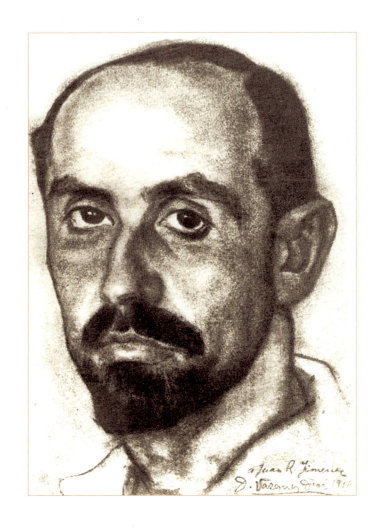

达尼埃尔·巴斯克斯·迪亚斯 绘，1916 年

胡安·德·埃切瓦利亚 绘，1918 年

《富恩特比尼亚之家》，胡安·拉蒙·希梅内斯 绘

《庭院门》，胡安·拉蒙·希梅内斯 绘

目　录

小银和我（1907—1916）

叙事歌谣（1901—1913，选译）

小 银 和 我

（1907—1916）

小　说　卷

（1902—1916）

一个低音变奏

——和希梅内斯的《小银和我》

严文井

　　许多年以前，在西班牙某一个小乡村里，有一头小毛驴，名叫小银。

　　它像个小男孩，天真、好奇而又调皮。它喜欢美，甚至还会唱几支简短的咏叹调。

　　它有自己的语言，足以充分表达它的喜悦、欢乐、沮丧或者失望。

　　有一天，它悄悄咽了气。世界上从此缺少了它的声音，好像它从来就没有出生过一样。

　　这件事说起来真有些叫人忧伤，因此西班牙诗人希梅内斯为它写了一百多首诗。每首都在哭泣，每首又都在微笑。而我却听见了一个深沉的悲歌，引起了深思。

　　是的，是悲歌。不是史诗，更不是传记。

　　小银不需要什么传记。它不是神父，不是富商，不是法官或别的什么显赫人物，它不想永垂青史。

没有这样的传记，也许更合适。我们不必知道：小银生于何年何月，卒于何年何月；是否在教堂里举行过婚礼，有过几次浪漫的经历；是否出生于名门望族，得过几次勋章；是否到过西班牙以外的地方旅游；有过多少股票、存款和债券……

不需要。这些玩意儿对它来说都无关紧要。

关于它的生平，只需要一首诗，就像它自己一样，真诚而朴实。

小银，你不会叫人害怕，也不懂得为索取赞扬而强迫人拍马溜须。这样才显出你品性里真正的辉煌之处。

你伴诗人散步，跟孩子赛跑，这就是你的丰功伟绩。

你得到了那么多好诗。这真光荣，你的知己竟是希梅内斯。

你在他的诗里活了下来，自自在在；这比在历史教科书某一章里占一小节（哪怕撰写者答应在你那双长耳朵上加上一个小小的光环），远为快乐舒服。

你那双乌黑乌黑的大眼睛，永远在注视着你的朋友——诗人。你是那么忠诚。

你好奇地打量着你的读者。我觉得你也看见了我，一个中国人。

你的善良的目光引起了我的自我谴责。

那些过去不会完全成为过去。

我认识你的一些同类。真的，这一次我不会欺骗你。

我曾经在一个马厩里睡过一晚上觉。天还没有亮，一头毛驴突然在我脑袋边大声喊叫，简直像一万只大公鸡在齐声打鸣。我吓了一跳，可是翻了一个身就又睡着了。那一个月里我几乎天天都在行军。我可以一边走路一边睡觉，而且还能够走着做梦。一个马厩就像喷了巴黎香水的带套间的卧房。那头毛驴的优美歌唱代替不了任何闹钟，那在我耳朵里只能算作一支小夜曲。我绝无抱怨之意，至今也是如此。遗憾的是我没有来得及去结识一下你那位朋友，甚至连它的毛色也没有看清；天一大亮，我就随着大伙儿匆匆离去。

小银啊，我忘不了那次，那个奇特的过早的起床号，那声音真棒，至今仍不时在我耳边回荡。

有一天，我曾经跟随在一小队驴群后面当压队人。

我们已经在布满砾石的山沟里走了二十多天了。你的朋友们，每一位的背上都被那些大包小包压得很沉。它们都很规矩，一个接一个往前走，默不作声，用不着我吆喝和操心。

它们的脊背都被那些捆绑得不好的包裹磨烂了，露着红肉，发出恶臭。我不断感到恶心。那是战争的年月。

小银啊，现在我感到很羞耻。你的朋友们从不止步而又默不作声。而我，作为一个监护者，也默不作声。我不是完全不懂得那些痛苦，而我仅仅为自己的不适而感到恶心。

小银，你的美德并不是在于忍耐。

在一条干涸的河滩上，一头负担过重的小毛驴突然卧倒下去，任凭鞭打，就是不肯起立。

小银，你当然懂得，它需要的不过是一点点休息，片刻的休息。当时，我却没有为它去说说情。是真的，我没有去说情。那是由于我自己的麻木或是怯懦，或者二者都有，现在我还说不清。

我也看见过小毛驴跟小狗和羊羔在一起共同游戏。在阳光下，它们互相追逐，脸上都带着笑意。

那可能是一个春天。对它们和对我，春天都同样美好。

当然，过去我遇见的那些小毛驴，现在都不再存在。我的记忆里留下了它们那些影子，欢乐的影子。那个可怜的欢乐！

多少年以来，它们当中的许多个，被蒙上了眼睛，不断走，不断走着。几千里，几万里。它们从来没有离开那些石磨。它们太善良。

毛驴，无论它们是在中国，还是在西班牙，还是在别的什么地方，命运大概都不会有什么不同。

小银啊，希梅内斯看透了这一切，他的诗令我感到忧郁。

你们流逝了的岁月，我心爱的人们流逝了的岁月。还有我自己。

我想吹一吹洞箫，但我的最后的一支洞箫在五十年前就已失落了，它在哪里？

这都怪希梅内斯，他让我看见了你。

我的窗子外边，那个小小的院子当中，晒衣绳下一个塑料袋在不停地旋转。来了一阵春天的风。

那片灰色的天空下有四棵黑色的树，不知什么时候，已经喷射出了一些绿色的碎点。只要一转眼，就会有一片绿色的雾出现。

几只燕子欢快地变换着队形，在轻轻掠过我的屋顶。

这的确是春天，是不属于你的又一个春天。

我听见你的叹息。小银，那是一把小号，一把孤独的小号。我回想起我多次看到的落日。

希梅内斯所描绘的落日，常常由晚霞伴随。一片火焰，给世界抹上一片玫瑰色。我的落日躲在墙的外面。

小银啊，你躲在希梅内斯的画里。那里有野莓、葡萄，还有一大片草地。死亡再也到不了你身边。

你的纯洁和善良，在自由游荡，一直来到人的心里。

人在晚霞里忏悔。我们的境界还不很高，没有什么足以自傲，没有。我们的心正在变得柔和起来。

小银，我正在听着那把小号。

一个个光斑，颤动着飞向一个透明的世界。低音提琴加强了那缓慢的吟唱，一阵鼓声，小号突然停止吹奏。那些不协调音，那些矛盾，那些由诙谐和忧郁组成的实体，都在逐渐减弱的颤音中慢慢消失。

一片宁静，那就是永恒。

1983 年 7 月 3 日

谨以此书纪念

阿盖迪娅

索尔街上那个常赠我

桑葚与康乃馨的

惹人怜的疯女人

致为孩子们读这本书的家长

在这本书中，快乐与哀伤是一对孪生姐妹，就像小银的两只耳朵。我是为……我也不知是为谁写的这本书……就说是为"我们这些抒情诗人为之写作的人"写的吧……现在，这本书来到了孩子们的手里，我并不会为了他们而添加或删减哪怕一个逗号。这是多好的事啊！

诺瓦利斯说："无论哪里，只要是有孩子的地方，就有一个黄金时代。"这黄金时代如同从天上落下的精神岛屿，诗人的心流连其间，舒畅徜徉，并祈愿永远不会弃之而去。

迷人、清新、欢喜的岛屿，孩子们的黄金时代。愿在我仿如苦海的生命里，永远都能找到你；愿你的微风能赠我它的诗情，有时高尚，有时无意义，恰似拂晓的温软阳光中云雀的啁啾鸣唱！

诗人

马德里，1914 年

I

小　银

小银小小的，茸茸的，柔柔的；它的外表那么软，通身像是棉花做的，里面仿佛没有骨头。只有煤玉镜片般的眼睛是硬的，像黑色玻璃做的两只金龟子。

我放开它，它便跑去草地上，用鼻子和缓地抚着淡粉、天蓝还有木樨黄的花朵，轻得仿佛没有碰到它们似的。我温柔地唤它一声"小银"，它便又跑向我，踏着快乐的、像是笑出声了的碎步子，散着完美的银铃声。

我给它吃多少它就吃多少。它喜欢像琥珀一样剔透的橙子、橘子、玫瑰香葡萄，还有淌着晶莹蜜滴的紫色无花果……

它很温柔，喜欢撒娇，像个小男孩儿，也像小女孩儿……但内里却刚强、坚硬，像石头一样。每到礼拜天，在我骑着它穿过镇子最后几条小街时，悠闲的、换上干净衣裳的农民都会望着它：

"像钢做的似的。"

它像钢做的。同时有月亮的钢，还有银。

II
白 蝴 蝶

夜落下来，薄雾弥漫，一片绛紫。教堂钟楼后，杂糅着锦葵色和绿色的闲散光亮还赖着不走。小路向上延伸，满载着树影、细碎的铃声、草的香气、歌声、疲累，还有渴望。忽然，一个黑皮肤的人，从一栋掩在炭袋子间的寒酸小屋中走下来。他戴着帽子，手里拿一根长针，香烟一亮，丑陋的面颊便被映红了一瞬。小银有些害怕。

"带了什么啊？"

"您看……是些白蝴蝶……"

那人想用铁针扎一扎驮筐，我并没有阻止。我把鞍囊打开，他什么都没看见。这自由、纯真的精神食粮就这样过了关，并不需要交任何税费。

III

傍晚的游戏

黄昏时，朝向干枯沟渠的残破街道渗出了暗紫，冻僵了的小银与我从那里走入了镇子。穷人家的孩子们在玩游戏，他们扮作乞丐，相互吓唬。其中的一个把袋子套在头上，另一个说自己看不见，还有一个装起了瘸子……

过了一会儿，孩子们突然改换了游戏。因为他们有鞋还有衣服，因为他们的母亲想方设法地喂养着他们，他们便觉得自己是王子：

"我爸有块银表。"

"我爸有匹马。"

"我爸有把猎枪。"

在清晨叫醒人的表，杀不死饥饿的猎枪，把人载向贫苦的马……随后，孩子们又围成一圈嬉闹起来。漆黑中，"绿鸟先生①"的外甥女，一个讲话与他们不一样的外地姑娘，如公主

---

① 绿鸟先生，诗人家附近的一位单身汉，总穿绿色和赭色相间的衣服，"像一丝藤蔓粘在墙上"。

般矫揉地唱起歌来，她纤弱的声音仿佛晦暗中能渗出水的玻璃丝：

    我是……奥雷伯爵
    ……的小寡妇……

　　……好，好！唱吧，梦吧，穷人家的孩子们！很快，当你们少年时代的黎明来临，春天将戴上冬天的面具，像乞丐一样吓唬你们。

　　"咱们走吧，小银……"

IV

日　食

　　我们无意间把手插进了口袋，清凉的阴影在额头轻轻扑闪，那感觉就像走入了一片浓密的松林。母鸡一只接一只地缩在了隐蔽的栖架上。周围的田野为自己的绿色披上了丧服，仿佛被主祭坛的绛紫绸缦罩住了一般。能看见远处白色的海和一些亮着微光的暗淡的星。镇上的屋顶平台渐次从一种白变成另一种。我们这些待在平台上的人，又小又暗，在日食有限的寂静里，互相喊着质量参差不齐的幽默话儿。

　　看太阳时我们什么都用上了：剧场双筒镜、望远镜、水瓶，还有茶色玻璃；站在哪里的人都有：在瞭望台上、畜栏的楼梯上、谷仓的窗口边，还有人透过庭院铁门绛紫和深蓝的玻璃去看……

　　前一刻，太阳还散着它混合了黄金的光芒，让一切都变大、变好了两倍、三倍乃至百倍；后一刻，它便消匿了身影，略过黄昏那样的漫长过渡，让一切在倏忽间变得孤独、寒酸起来，仿佛把一枚金盎司依次换成了银币和铜钱。整个镇子已然如一枚发霉了的硬币，换不出更小面值的钱了。街道、广场、钟楼、山路都变得那样小、那样哀戚！

　　小银待在圈里，看起来像一头不那么真实的小驴，被缩小了似的，与之前很不一样。好像另一头小驴……

V
寒　战

月亮陪我们走着，很大，很圆，很纯净。慵懒的牧草上，黑莓丛间，隐约可见一些我不知品种的黑羊……我们经过时，有人躲起来，沉默不语……围墙上，一棵巨大的杏树探头出来，载着杏花和月亮的雪。树冠和一朵白云交错掩映，轻轻遮护住被三月的繁星射穿的天路。橙子极有穿透力的香气……潮湿、寂静……布鲁哈斯女巫溪谷……

"小银，好……冷啊！"

小银，也不知是怀着它自己的还是我的恐惧，踏着步子，蹚进溪流，踩在月亮上，把它踏碎了。那水中残月仿佛一朵朵相互交织的香槟色水晶玫瑰，想在小银的碎步中留住它。

小银勤踏着脚步，顺小巷往上爬。它收着后臀，像是有人要追上来似的。它应该已经能感觉到那已然切近的镇子所散发的、像是永远不会到来的淡淡温热了……

VI
拉米加幼儿园 [①]

小银，如果你也和其他小朋友一起来拉米加，那就也会学习 a、b、c，并简单地画些笔画。你会和蜡像展上的小驴知道得一样多。那头小驴是小美人鱼的朋友，头戴破布花冠，与她一同出现在玻璃展柜中。绿色海水背景中的小美人鱼上身为肤色，下身为金色，周身都透着粉红。小银，你如果来拉米加，就会比医生还有帕洛斯镇 [②] 的神父知道得更多。

可是，你虽然只有四岁，身子却已经很大了，敦实得很！得坐在哪把小椅子上呢？在哪张桌上写字呢？哪张纸或哪支羽毛笔能够你用呢？在小朋友围成一圈做游戏时，你要站在哪个位置歌唱，我是说，歌颂上帝呢？

还是不要去好了。堂娜 [③] 多米提拉女士会来管教你的。她

---

① 拉米加幼儿园，诗人曾就读的幼儿园。

② 帕洛斯镇，位于摩格尔南部，1492 年哥伦布首次前往美洲的航行从此开始。

③ 堂娜，表示对女子的尊称，对男子的尊称为"堂"。

隶属拿撒勒人兄弟会，总是一袭紫衣，披着黄色棉布，和卖海鲷的雷耶斯一模一样。她也许会让你在香蕉庭院的哪个角落里跪上两个小时，用干枯的长蔗秆打你的手掌，或者偷吃你午后点心里的榅桲糕，甚至可能在你的尾巴底下点燃一张纸，让你的耳朵变得像下雨前工头儿子的耳朵一样，炽热又通红……

别去，小银，别去。还是跟我走吧。我会带你看花朵和星辰。它们不会像愚钝的小孩儿那样笑你，也不会给你戴上缝着靛蓝和赭红大眼睛——它们像极了河里小船的船身上所画的那对眼睛——和耳朵有你双耳两倍大的驴帽，好像你是他们口中的笨驴。

VII
疯 子

　　我身着丧服，一脸拿撒勒人 [①] 样的胡子，戴着黑色短檐帽，骑在柔软的灰色的小银身上，想必那样子多少有些奇怪。

　　烈日下，我正穿过最后几条石灰白的街道去葡萄园。毛发很重的、油乎乎的吉卜赛小孩儿，穿着绿色、红色或黄色的破衣裳，挺着紧绷的被晒黑的肚子，在我们的后面跑，拉着长音尖声叫道：

　　"疯子！疯子！疯子！"

　　……前方是已经绿了的原野。无垠的晴空是燃烧的蓝，我面向它，满怀崇敬地睁开双眼——它们距离我的耳朵十分遥远，平静地接受着无尽地平线上那无名的安详，接受着那和谐神圣的宁静……

　　远远的街道高处，还留着几声尖厉的叫声，纤细嘶哑，断断续续，带着气喘，漫溢着无聊：

　　"疯……子！疯……子！"

----

　　① 此处指耶稣基督。

22

VIII

犹 大

别害怕，小伙计！怎么了？哎呀，乖……他们是在枪毙犹大啊，傻瓜。

是的，他们在枪毙犹大。在蒙杜里奥街放了一个，在恩梅迪奥街放了一个，又在市政井那儿放了一个。我昨天看见了犹大们，因为在黑暗中看不见挂在阳台的吊绳，它们都像被某种超自然的力量牢牢钉在了空中似的。它们的形象混杂、怪异，戴着旧礼帽，袖子却是女式的，脸上覆着大臣的面具，身上却套着裙撑，一个个悬在宁静的星空下。狗在离它们不远的地方进进退退，向它们吠叫，马犹疑着，不肯从它们下面经过……

小银，现在，钟声正告诉我们，主祭坛的缎布已经被掀开了。我想，镇上已经没有还没向犹大开过火的猎枪了。火药味已经飘到了这里。又一枪！又一枪！

……小银，只是，今天的犹大是议员、老师、法医、税官、镇长或接生婆；每个人都在这圣礼拜六的早上，变成小孩子，用自己懦弱的猎枪，在一场模糊而荒谬的春日幻象里，向他憎恶的人射出了子弹。

IX
大无花果

　　那是一个寒冷、多雾的清晨，十分有益于大无花果的生长，六点钟，我们就跑去里卡尝鲜。

　　那是些高大的百岁无花果树。站在树下，就仿佛站在巨大的裙摆中，寒凉浓荫里纠缠盘错的树干就是结实的大腿。夜仍在打着瞌睡。亚当和夏娃曾穿在身上的宽大树叶，小心地捧着纤小珍珠般的晨露所织就的轻薄织物，让它们柔软的绿色也覆上了淡淡的白。从枝叶深处，透过低垂、葱茏的祖母绿，可以看到逐渐获得生机的朝霞正轻轻抚过东方无色的面纱。

　　……我们疯跑着，看谁先到达一棵无花果树。洛西奥和我一起摘下了一棵树的第一片叶子，我们笑得上气不接下气，心脏扑通扑通跳得厉害。"摸这儿。"她拿起我的手，把它放在了她的心上，罩着那颗心的稚嫩胸口不停上下起伏，仿佛被囚禁的小小海浪。阿黛拉胖墩墩的，还不怎么会跑，被落在了远处，一个人干生气。为了不让小银无聊，我摘下了几颗成熟的大无花果，把它们放在了一棵老葡萄藤下。

阿黛拉因为自己的笨拙恼得很，她嘴里含着笑，眼里挂着泪，开始向大家扔果子。一颗大无花果在我额头爆开了。洛西奥和我随即开始反击，在一片尖叫声中，果子纷纷砸落，我们用眼睛、鼻子、袖子、后颈子吃的果肉，竟比嘴吃的还要更多。射偏了的大无花果都落在了早晨清凉的葡萄园里。忽然，一颗果子砸中了小银，于是它便成了大家疯狂瞄准的靶子。可怜的小家伙没法自卫又不会反击，我便和它组成了一队。柔软的蓝紫色大雨穿过纯净的空气，落向了四面八方，仿佛一阵疾速射出的霰弹。

在成双的欢笑、沮丧和疲惫中，她们俩坐在地上，带着女孩子的娇柔，宣布了投降。

X

三钟经 ①

小银，你看，到处都有玫瑰飘落：蓝色的、粉色的、白色的，还有无色的玫瑰……我觉得整个天空好像都碎成了玫瑰。你看，它们覆满了我的前额、肩膀和双手……我拿这么多玫瑰来做什么呢？

也许你知道这柔软的落花从哪儿来，我是不知道的。它们日复一日让景色变得温柔，甜蜜地为它扑上了粉红、纯白和天蓝——更多的玫瑰，更多的玫瑰，仿佛跪着描绘天国荣耀的安杰利科修士②的一幅画作。

人们相信，这些玫瑰是从天堂的七重天撒向人间的。玫瑰如色彩糅融的雪，和缓地飘落，落在钟楼顶上、屋顶上、树上。你看：一切坚硬的东西，在它的装点下都变得柔软可爱。

---

① 三钟经，为纪念圣母无玷受孕而进行的早、中、晚各一次的祈祷。
② 安杰利科修士（约1395—1455），意大利早期文艺复兴画家、多明我会成员。

更多的玫瑰，更多的玫瑰，更多的玫瑰……

　　小银，伴着三钟经的钟声，我们的生命好像失去了它日常的力量。另一种更加高耸、恒久和纯洁的内在力量，让一切都乘着喷涌的恩典，升到了在玫瑰间被点燃的星辰之上……更多的玫瑰……小银，你的眼睛，你的自己看不见的、徐缓向天空抬起的眼睛，就是两朵美丽的玫瑰。

XI
后 事

如果你比我先死，小银，你绝不会像其他可怜的驴子和没有人爱的马和狗一样，给人装在报丧者的小车中，被扔到一望无际的海滨沼泽里，或山路旁的悬崖下。不会有乌鸦去剥你的皮，剥出血淋淋的肋骨——犹如紫色余晖中的破船残骸，成为不堪看的景象，映在坐六点班次赶往圣胡安站[①]的商旅人的眼里；你也不会被扔在水沟里腐烂的蛤蜊间，变得肿胀、僵直，这样，当孩子们在秋天的礼拜日下午去松林里吃烤松仁时，便不会好奇莽撞地抓着松枝，从土坡的边缘探出头去看你。

小银，你安心地活吧。将来，我会把你葬在比尼亚果园，葬在那棵你最喜欢的、树冠浑圆的高大松树下。你会在欢乐、宁和的生命旁安息。男孩子会在你身边嬉戏，女孩子则会坐在她们矮小的椅子上缝些东西。你会听到孤独将带给我的诗句，

---

① 圣胡安站，韦尔瓦至塞维利亚之间的一个火车站。

28

听到橙园里浣衣少女所唱的歌曲，还有水车发出的声音，也会为你永恒的平安带去清凉与欢愉。红颜金翅雀、金丝雀和绿金翅鸟会在长久葱茏的树冠上，在你的平静梦乡与摩格尔永远蔚蓝的无垠天空间，年复一年地为你编织一个轻薄的音乐篷顶。

XII
刺

一走进卡瓦约斯牧场，小银就瘸了起来。我跳到地上……

"哎，小伙计，你怎么了？"

小银把右前脚稍稍抬起，给我看它的蹄楔，那一整条腿已经虚软乏力，几乎不敢用蹄甲去碰炽烫的沙石路面。

毫无疑问，我比小银的医生老达尔庞先生要更关心它。我把它的前脚弯过来，看了看它红色的蹄楔。一根健壮橙树的绿色长刺插进了它的蹄子，仿佛一把祖母绿的圆头匕首。我因小银的痛苦颤抖着，把刺拔下来，随后又把可怜的它领到了覆满黄色百合的河岸，让水流用它长长的纯净的舌头去舔舐它的伤口。

后来，我们又继续朝白色的海走去，我走在前面，它走在后面，还是瘸着脚，不时用头温柔地顶一下我的后背……

XIII

燕 子

  它就在那儿呢，小银，在自己灰色的窝中，黑黑小小，欢实得很。它把窝筑在了蒙特马约尔圣母画像的上方，这样便总能受到人们的膜拜。只是，可怜的小家伙好像被吓坏了。这一次，和上礼拜在午后两点的日食中钻进窝里的母鸡们一样，燕子们也犯了错。今年的春天搔首弄姿地提早到来，但却不得不在三月灰蒙蒙的床铺上颤抖着收起自己娇嫩的胴体。看着橙园里那些初生玫瑰的花苞枯萎，人实在心酸。

  燕子们已经来了，小银，和往年不同，几乎都听不见它们的动静。要知道，它们总是在到达的第一天便去看望和问候一切，不停地抖着颤音相互交谈。它们会向花朵讲述它们在非洲的见识、它们的两次海上旅行，讲述它们如何在水面用翅膀作风帆，或是在桅杆缆绳上停歇，还会描绘那一次次日落、一抹抹朝霞，以及那一个个星夜……

  它们不知道该做些什么。只是茫然地喑哑着飞翔，就像那些被孩童的脚挡住去路的蚂蚁一样。它们不敢在新街上上下下地笔直飞行，并画出优美的弧线作为收尾，不敢飞进井里的窝中，也不敢停在被北风吹得簌簌作响的电线上，站在白色的绝缘体旁——那可是招贴画中的经典画面啊……小银，它们会被冻死的！

XIV

畜　棚

　　正午时分，我去看小银，一道十二点钟的透明光芒在它柔软的银色脊背上点亮了一个大大的金色的圆。它的肚子下面，是把一切都染成祖母绿的晦暗的泛绿地面，从破旧的顶棚上，炽热的光斑如明亮的钱币，雨一样地泼洒下来。

　　待在小银腿间的小山羊狄安娜朝我走来，像跳舞的女孩般把它的两只前脚搭在了我的胸口，热情地要用它粉色的舌头舔我的嘴。而后它又攀上牲口槽的最高处，怀着女性的直觉，好奇地望着我，把小脑袋从一边晃到另一边。小银则早在我进入畜棚之前便用高昂的叫声问候过我了，它正快乐地试图挣断自己的绳子。

　　天窗带来了苍穹的美妙虹彩，有那么一刻，我顺着那道光束，在田园诗般的景致中飞升至天空。随后，我爬上一块巨石，从那里望向了整个田野。

　　绿色的风景漂浮在炫目又让人迷倦的丛丛光亮里，纯洁的蓝色框住了残破的墙垣，这时，传来了一阵慵懒而温柔的钟声。

XV

阉 驹

它是黑色的，又泛着暗红、绿色、蓝色且带有白银质感的光泽，金龟子和乌鸦那样的光泽。它崭新的眼中有时会燃起一簇红色的跳动的火，仿佛是在侯爵广场卖栗子的妇人拉蒙娜手边的烤炉火焰。每次从福里塞塔的沙地进入铺着方砖的新街时，它都英气十足，碎步踏得很猛。它的脑袋小巧，四肢纤长，是那样敏捷、紧绷而锐利！

它高贵地走入城堡酒窖的矮门，在库房红日色彩的耀眼背景前，比往日显得更加黝黑。它迈着闲散的步子，想与所见的一切东西嬉戏。随后，它跳过松木门栅，快乐地闯入了家禽的绿地，把母鸡、雄鸽还有麻雀吓得惊慌四散。四个身着鲜艳汗衫的男人正交叉着毛茸茸的手臂在那儿等它。他们把它带到胡椒树下。在一场干涩而短暂、起先温和随后又昏狂的挣扎之中，他们把它扔在了粪便间，所有人都坐在了它的身上，达尔庞完成了自己的任务，终结了它哀戚而神奇的美丽。

你不曾用过的美，将与你同葬一墓，

用过的美，则活着执行遗嘱。①

莎士比亚这么对朋友说。

……马驹于是成了马，它瘫软、虚弱、悲伤、汗水淋漓。一个人就把它扶了起来，给它盖了条毯子，缓缓地顺着街把它带了下去。

它就像一团惨淡的云。昨天明明还硬朗、温暖、坚实！它走着，像一本散了架的书。仿佛已经不再踏在土地上，它的蹄铁和四肢之间，有一种新的东西正将它隔绝起来，让它失去了理智，如一棵被连根拔起的树，晃在我的记忆里，在那个暴力、完整而圆满的春日早晨。

---

① 出自《莎士比亚十四行诗》中的第四首最后两句。

XVI
对面的房子

　　小银啊，在我的童年，我家对面的房子总是那么地迷人！第一栋，是里维拉街上水夫阿雷布拉家的房子，他家的院子朝南，总是被阳光晒得金灿灿，我常爬上那儿的土坯墙去看整个韦尔瓦。有时大人会放我出去玩一会儿，阿雷布拉家的女儿便会来送给我些酸橙，还有些吻……那时她对我来说就像个女人了，如今她已嫁为人妇，可对我来说，她仍是当年的模样。第二栋，是新街——后来改名叫卡诺瓦斯街，再后来叫胡安·贝雷斯修士街——上塞维利亚甜品店老板堂何塞的房子，他金色的羊羔皮靴总是耀得我睁不开眼。他常在院中的龙舌兰上放些蛋壳，还把门厅的大门刷成了丝雀的黄色，又涂上了海蓝的条纹。他有时会来我家，我父亲会给他些钱，他总是谈起橄榄园……从我的阳台上，能看见堂何塞家屋顶上冒出的那棵停满了麻雀的可怜胡椒树，数不清它曾多少次轻轻摇曳着，把童年的我哄入梦乡……那曾是两棵胡椒树，我从来都没能把它们合二为一：一棵有我从阳台看到的那个盛满风或阳光的树冠；另

36

一棵则是我在堂何塞家院子里从树干旁仰望的大树……

那些明亮的下午，那些伴雨入眠的午睡时分，从我的铁栅门、我的窗口和我的阳台，穿过寂静的街道望过去，我家对面的房子在每天、每小时的每一点微妙变化都是那样有趣，那样引人入胜，那样非同寻常！

XVII
傻孩子

　　我们从圣何塞街回家时，傻孩子总是在他家门口，坐在他的小椅子上，看别人来来往往。像他这样可怜的孩子，言语上不曾拥有天分，外貌上也从未得到恩赐。他自己快乐着，别人看着却难过。对他母亲来说，他就是一切，对旁人来说，他什么都不是。

　　一天，死亡的阴风刮过纯白的街，我便不再能看见孩子坐在他的门前。一只鸟在孤独的门栅上歌唱，让我想起了古洛斯①，比起诗人，他更是一位父亲。在失去自己的孩子时，他问加利西亚的蝴蝶，儿子去了哪里：

　　　　金翅膀的蝴蝶……②

---

① 玛努埃尔·古洛斯·恩里克兹（1851—1908），西班牙加利西亚诗人。
② 原文为加利西亚语。

现在，春天来了，我记起了傻孩子，他从圣何塞街升上了天堂。他会坐在自己的小椅子上，在独一无二的玫瑰丛旁，用他再一次睁开的眼，看闪耀金光的天国居民来来往往。

XVIII

幽 灵

    阿妮娅·拉曼特卡炽热却又清新的青春是大家不朽的快乐源泉，她最热衷的消遣就是扮幽灵。她会把自己的整个身体都裹在被单里，给百合般的面庞糊上面粉，再往牙齿上贴几牙儿大蒜。当我们吃过晚饭，坐在小厅里困意满满、半睡半醒时，她会突然出现在大理石楼梯上，提一盏燃着的油灯，缓慢、威严、无声地走过。她那样打扮，就像是把自己赤裸的身体变成了一袭长袍。是的，那样从黑暗的高处落下的阴森景象着实令人恐惧，但同时，她孤独的纯白又透着某种难以言说的丰沛情欲。

    小银，我永远都不会忘记那个九月的夜晚。暴雨在镇子上空震颤了一整个小时，仿佛一颗坏掉的心脏，在闪电与雷鸣绝望的坚持中，向下泼着水和石块般的冰雹。水窖满了，漫出来的水把院子都淹了。人们最后的陪伴——九点的车、晚祷钟声、邮差——都已远去……我颤抖着，去饭厅喝水，在一道闪电发绿的惨白中，我看见贝拉尔德的蓝桉——我们叫它杜鹃

40

树，在那一晚倒下了——整个儿折断在凉棚顶上……

突然，一声干涩的恐怖巨响，仿佛嘶叫着的、刺盲我们双眼的电光所投出的黑影，震动了整栋房子。当我们回到现实，每个人都已不在原先的位置，大家分散在各处，只能顾到自己，还无心照顾别人。一个人抱怨头疼，另一个抱怨眼睛痛，还有人说心脏不舒服……慢慢地，大家都回到了自己原本所在的地方。

暴雨远去了……月亮在从下至上裂开的大片云朵间，在院中淹没一切的水面上点起了明亮的白光。我们跑出去四处探看。洛德在畜栏楼梯和我们之间来回奔窜，疯了一样地狂吠。我们于是跟着它走过去……小银，被打湿的夜晚的花朵散着浓到令人作呕的香气，在它们的下面，躺着可怜的阿妮娅，扮成幽灵模样的她死在了那里，被闪电烧焦的手中还提着点亮的油灯。

XIX
暗红风景

　　山顶。落日悬在那里，浑身紫红，仿佛被自己的玻璃划伤，血洒得满处都是。在它的光辉下，绿色的松林像是含着怒火，影影绰绰地红起来；被微光浸得透亮的草叶和花朵为那宁和的时刻涂抹着香气，包裹住它湿润且有穿透力的明亮本质。

　　我迷醉在暮色里。小银的黑眼睛也染上了落日的暗红，它缓缓向一片小水洼走去，那里的水变幻着洋红、玫瑰粉还有紫罗兰的颜色；它把嘴温柔地埋进那镜面里，仿佛就是在小银碰到它的那刻，镜面才化成液体；于是大量的阴冷血水流过了它粗粗的喉咙。

　　那地方是我熟识的，然而，那一刻的时光却打乱了它，让它变得怪异、颓败，却又壮观。可以说，每一刻，我们都会发现一座被废弃的宫殿……下午延展到了它自身以外的地方，时间则被永恒感染，变得无穷无尽、平静恬和、深奥难解……

　　"咱们走吧，小银……"

XX
鹦 鹉

一次，我们正在我法国医生朋友的菜园里跟小银和鹦鹉玩儿，突然出现了一个蓬头垢面的年轻女人，焦急地冲我们跑下坡来。人到之前，她晦暗的愁苦眼神就已落在了我身上。她哀求我道：

"少爷，那个医生在吗？"

在她之后，又来了几个破衣烂衫的男孩，气喘吁吁地不时往坡上瞧。最后，几个男人抬来了一个气息奄奄、面色苍白的人。他是个偷猎者，和同行一样，会去多尼亚纳[①]禁猎区捕鹿。他那把荒唐地用草绳固定的老猎枪突然炸开了，一条胳膊上挨了枪子儿。

我的朋友亲切地来到伤者身边，把人们先前给他盖的破布掀起来，洗净血污，细致地检查起骨头和肌肉。他不时会和我说一句：

---

① 多尼亚纳，原先为王室狩猎区，现为国家公园。

"没事儿的……①"

下午落入了暮色。从韦尔瓦飘来了海滨沼泽、柏油和海鱼的味道……在西边粉红天空的映衬下，一棵棵橙树如祖母绿天鹅绒般的紧实轮廓显得愈发浑圆。丁香色和绿色相间的丁香树上，红绿相间的鹦鹉踱来踱去，用它圆圆的小眼睛好奇地观察着我们。

可怜的猎人眼里滚下来噙着阳光的泪珠。他不时发出一声闷闷的哀吟。鹦鹉说道：

"没事儿的……②"

我的朋友给伤者绑上了棉花和绷带。

可怜的人叫道：

"唉唉哟！"

鹦鹉则又在丁香间说道：

"没事儿的……没事儿的……③"

①②③　原文为法语。

XXI
屋顶平台

小银啊，你从来都没上过屋顶平台，所以不会知道，一从黑暗的木梯爬到上面去，我能吸多么深的一口气，把胸膛撑得多么鼓。站在那儿，会感觉自己被白日明艳的阳光灼烤，被身旁天空的蔚蓝淹没，被石灰的煞白刺盲双眼，你知道，人们会用石灰来涂抹砖石地面，好让从云朵落下的水干干净净地流到窖里。

屋顶平台真迷人啊！钟楼上的钟在我们的胸口、我们猛烈跳动的心脏的高度敲响；远远望去，能看见葡萄园里的锄头带着白银与烈日的光亮闪耀。在天台上，一切都尽收眼底：能看见其他的屋顶平台；还能看见许多院落，人们——椅子匠、粉刷匠、桶匠——待在里面，像被遗忘了似的，只顾埋头忙自己的活计；能看见些更大的院子，里面栽有树木，养着牛羊；能看见墓园，那里不时会办一场没人注意的、紧凑且潦草的小型黑色葬礼；能看到一些窗户，窗框中穿衬衫的女孩子在漫不经心地边唱歌边梳理头发；能看见河，一条小船正在靠岸；能看见谷仓，那里有位孤独的乐手正练习吹奏短号，或者，有浑圆、盲目的粗暴爱欲正在那封闭的空间里，一如往常地满足着自己……

　　房子如一个地下室般消失了。从玻璃棚顶望去，下面的日常生活是那么怪异：谈话、噪声都变得奇特许多；还有花园本身，从上面看，它是这么美；而你，小银，没看见我的你，在大水槽里饮着水，或像个小傻瓜一样，和麻雀还有乌龟尽情玩耍！

XXII

归

我们两个回来了，满载着山野的馈赠：小银驮着墨角兰，我捧着黄百合。

四月的下午落入了傍晚。西边的一切先是化作了澄澈的金，继而又变为澄澈的银，仿佛晶莹百合的一个明亮朴实的隐喻。随后，如透明蓝宝石的广阔天空逐渐地变成了祖母绿。我不禁伤感起来……

我们在上坡时望见了小镇的钟楼，外墙的一圈瓷砖如王冠般闪亮，令整个建筑在这纯净肃穆的时刻更显得分外宏伟！走近去看它，就像远望塞维利亚大教堂的钟楼吉拉尔达，让我在春天里日渐尖锐的、对大城市的怀念得到了一丝忧伤的慰藉。

归……归去哪里？从何而归？为何而归？……夜缓缓落下，在它温凉的清爽中，我带回的百合香得更浓烈了。是一种愈发有穿透力但同时又逐渐模糊的香气。只闻其香，不见其花，孤独气息的花朵，从寂寥的暗影中醉着人的身与心。

"我的灵魂，暗影中的百合！"我说。忽然，我想起了小银，它就在我的身下，却仿佛成了我身体的一部分，被我忘记了。

XXIII
紧锁的铁栅门

每次去迭兹莫酒窖，我都会在圣安东尼奥街的墙壁那里转弯，来紧锁的铁栅门这儿看看原野。我会把脸贴在铁栏杆上，右看看左看看，用双眼焦渴地捕捉着视线范围里的一切。破旧、荒凉的门栅掩在荨麻和锦葵间，一条小径从那儿出发，消失在下面的安古斯蒂亚斯桥。墙垣下，有一条很宽很深的路，我从来没有走过那里。

其实，从栅门外也能看见那风景与天空，只是透过铁栏杆的方格看过去，它们便会显得格外奇妙、迷人！仿佛想象中的屋顶与墙壁将那景致与周围的一切都分隔开来，只把它放在紧锁的铁栅门后供人欣赏……从那儿能看见公路、桥梁、路旁裹着雾气的杨树，还能看见砖垒的炉灶、帕洛斯小丘、韦尔瓦的水汽、傍晚时分里奥汀多码头的灯火，以及西边的最后一抹绛紫前阿罗约斯那棵高大孤独的蓝桉……

酒窖老板们总是笑着告诉我，那铁栅门没有钥匙……也不知是从哪儿冒出的念头，在我的梦里，那扇铁栅门后，是最奇美的花园、最壮美的原野……相信梦境的我曾从大理石楼梯上一跃而下，所以我也千百次地，不知有意还是无心，在清晨来到铁栅门，坚信自己可以在它身后，找到我幻想与现实的交汇之处。

XXIV
堂何塞神父

小银啊，他已经受过了涂油礼，讲话时言语带蜜。可事实上，真正如天使般可爱的，是他的母驴。

我想，你应该在他的果园里见过他一次，穿海军短裤，戴宽檐帽，一个劲儿地把脏话和鹅卵石砸向那些偷他橙子的孩子。你也千百次地在礼拜五看见他可怜的佃户巴尔塔萨尔，拖着如马戏团气球的疝气，艰难来到镇上，卖他寒酸的扫帚，或和其他穷人一起，为富人们的亡故做祷告。

我从未听谁说过更可怕的恶语恶言，也从未见谁说过更惊天动地的誓言。毫无疑问，他真的知晓——至少，在他下午五点主持的弥撒中他自己是这么说的——万事万物的存在之道……树木、土地、水、风、烛光，这一切美好、柔软、清新、纯洁、生动的东西，对于他来说，却是混乱、生硬、冷漠、暴力、颓废的范例。每天，他果园里的每一块石头在夜晚都会被挪动地方，因为它们都被他带着愤怒的敌意，砸向了小鸟、浣衣妇、小孩子和花朵。

祷告时，一切又会换一个模样。沉默的田野上能听见堂何塞神父的沉默。他穿上教士的长衫长服，戴上瓦形帽，骑在他迟缓的母驴上，低垂眼帘，进入昏暗的镇子，仿佛受难路上的耶稣。

XXV
春 天

啊，这明媚与香气！

啊，草地满怀笑意！

啊，已奏响了晨曲！

谣曲

　　清晨，半梦半醒间的我被孩子们装神弄鬼发出的尖叫吵醒，有些恼火。再也睡不着的我绝望地从床上爬起来。透过敞开的窗户，我望向田野，这才发觉，吵吵闹闹的是些小鸟。

　　我来到果园，唱起歌，赞颂蓝天之神。叽叽喳喳、清新自在的音乐会永不停歇！燕子在井口任性地发着卷卷的颤音；乌鸫站在落地的甜橙上吹响了嘹亮的口哨；黄鹂从一棵栎树跳到另一棵，闲聊的声音热情如火；金丝雀停在蓝桉树顶，把细碎的笑声拉得好长；麻雀在高大的松树上，放肆、粗鲁地争吵不休。

　　多么美妙的早晨！太阳把自己黄金白银般的喜悦洒在了地

52

面，色彩缤纷的蝴蝶在百花间、房屋前——一会儿溜进房间，一会儿又飞到外面——或是清泉边玩耍。整个田野都能听到健康的新生命盛放时，那轻轻爆破的、咯吱咯吱的、滚滚沸腾的声响。

我们仿佛在一个由光构筑的宏伟蜂房里，紧裹我们的，是一朵巨大、炽热、正在燃烧的玫瑰。

XXVI
水 窖

你看哪，小银，里面满满的都是近来的雨水。没有回声，也看不见池底灿烂的阳光，只有水位低的时候才能看见那多彩的珍宝，在黄色和蓝色的玻璃棚顶下散着缤纷的光芒。

你从来都没进到水窖里过，小银。我进去过：几年前，他们把水排干时，我下去瞧了瞧。你看，它有一条地道，连着一个小房间。我进去时，手里的蜡烛忽然熄灭了，一只蝾螈爬进了我手里。两道寒气如刀剑般在我的胸口交叉划过，就像骷髅头下的那两根股骨……小银，整个镇子的下面挖的全是水窖和地道。最大的窖是萨尔托·德尔·洛沃家庭院里的那口，就在卡斯蒂约古要塞广场。最好的窖是我家的这口，你看，它有一整块雪花白大理石雕刻的井栏。教堂的地道一直挖到了蓬达雷斯葡萄园，从那儿便可以上到河道边的田地。医院的地道则没有人敢走到尽头，因为它仿佛没有尽头……

我记得，在我还是个孩子的时候，漫漫雨夜中，圆圆的雨滴会从天台落到水窖里，不断啜泣，让我难以入眠。第二天一早，我们便会疯了一样地跑去看水涨到了多高。每一次像今天这样快要满到窖口时，我们都会吃惊地尖叫，赞叹不已。

……好啦，小银。现在我要给你从这里盛一桶纯净清凉的水，有一回，比耶加斯就喝了这样的整整一桶，唉，可怜的比耶加斯，他的身体已经被白兰地和白酒给烧坏了……

XXVII
癞皮狗

它有时会来我们果园这边的房子，一副枯瘦的身体，总是喘着粗气。它很可怜，总是时刻准备逃跑，因为已经受惯了人们的怒斥和石子儿的攻击。别的狗也会冲它龇起尖牙。每到这时，它便会在正午的阳光下，又一次迟缓而悲哀地往山下走去。

那天下午，它走在狄安娜后面，来到了镇子上。我出门时，守卫已经在一阵恶念的催使下拿出了猎枪，向它开了火。我没来得及阻止这一切发生。悲惨的狗，被枪子儿射中了肚子，晕晕地转了几圈，在一声画出圆弧的刺耳哀号中，死在了一棵金合欢下。

小银盯着死去的狗，脑袋直直梗在那里。狄安娜吓坏了，一会儿躲在这儿，一会儿又藏在那儿。守卫也许是后悔了，扯出一长串理由，也不知在说给谁听，他怯懦地发着火，只想尽快扼死自责的情绪。太阳被一片薄云罩住了，仿佛在哀悼亡者。那大片的如薄纱的云，像极了蒙在被杀小狗健康眼睛上的那一小块白纱。

午休时分把深厚的寂静压向了仍泛着金光的田野，被海风刮得东歪西倒的蓝桉，为着死去的狗，冲暴风雨的方向愈发猛烈地哀泣。

XXVIII
缓 流

小银啊，等一等……或者，如果你愿意的话，就在这片草地吃些嫩草吧。但请让我好好看看这美好而迟缓的水流，我已经许多年没看见它了……

你瞧，阳光从它浓稠的水上抚过，照亮了水底绿金色的美，水边的百合，带着飘然的清新，迷醉地望着它……它是天鹅绒的阶梯，在重复的迷宫中顺势而下；它是充满魔力的岩洞，拥有构建梦幻神话的一切条件，令画家的想象力肆意漫溢；它是爱与美的花园，由一位有绿色大眼睛的疯皇后用自己永恒的忧伤筑建；它是无数的破落宫殿，正如那天午后，当斜阳如刀剑般插入下方海水，我在海上的所见……它还是更多、更多、更多的东西；是最艰深的梦，在一座并不完全存在的遗忘花园内，在掀起自己永恒罩袍那顷刻即逝的美时，所偷得的一小段满含苦楚的春日时光……因为看似遥远，一切都微小却又广博；它还是通往无数感觉的钥匙，是高烧带来的魔术师手中的珍贵幻象……

小银，从前，这一处缓流就是我的心。我曾感觉，自己的心在它的孤独里美妙地中了毒，中了它诡谲的丰饶之毒。当人的爱打开它的保护壳，伤害到它时，腐坏的血液便流了出来，一直流到它重新变得纯洁、澄净、简单，仿佛四月最炽热、坦诚的金色时光里亚诺斯的溪水。

只是，有时会有一只过去的苍白的手把我拽回到从前的那处缓流，它很绿，很孤独，在喜悦地回应那清亮的召唤，"只为将你的苦楚变甜"，如舍尼埃[①]的田园诗中，海拉斯对赫拉克勒斯说的话。我曾经为你读过它的，用"漫不经心而空洞"的声音……

---

① 安德烈·舍尼埃（1762—1794），法国诗人，在法国大革命期间被斩首处死。此处的田园诗指其诗作《海拉斯》。

XXIX

四月的田园诗

孩子们带小银去长满欧洲山杨的小溪旁玩了。现在，他们在没头没脑的游戏和爽朗夸张的笑声间，把踏着小碎步、浑身沾满小黄花的它带了回来。在山下时，他们赶上了雨，那朵匆匆聚起的云，用自己金丝银线般的光束，为绿色的草地织就了一层薄纱，仿佛噙着泪的抒情诗，拥着一道在其间轻轻震颤的彩虹。小驴湿透了的毛发上，那一串牵牛花还在往下滴着水滴。

多么清新、喜悦、感伤的田园诗啊！背着雨水带来的甜蜜负担，小银的叫声也温柔起来。它不时回头拽下一把靠近嘴边的花朵来吃。雪白、木樨黄的牵牛花，一会儿沾在它满是绿草的口水上，一会儿又跑进它勒着鞍绳的肚子里去。小银啊，谁能像你一样，吃那么多野花……又不肚子疼呢！

真是一个阴晴不定的四月下午！……小银明亮而灵动的双眼映出了所有的晴雨时刻，日落时，在圣胡安的田野上，能看见另一朵玫瑰色的云断断续续地洒下雨来。

XXX

飞走的金丝雀

一天，不知怎么，也不知为什么，绿色的金丝雀从它的笼子里飞走了。那是只很老的金丝雀，它的伴侣已经死去，我怕它饿死、冻死，或是被猫吃了，所以一直不肯放它走。

它一整个早上都在果园的石榴树间、门口的松树上、丁香的花朵间蹦来跳去。孩子们整个早上也都坐在门廊上，入迷地看着这只黄鸟儿短促的跳跃飞行。小银则在玫瑰花丛旁悠闲地和一只蝴蝶玩耍。

下午，金丝雀飞上了大宅的屋顶，停了许久，在温热的斜阳光芒中不时跳动。忽然，不知怎么，也不知为什么，它又高兴了起来，出现在了笼子里。

花园里真热闹啊！孩子们蹦蹦跳跳，相互击掌，红扑扑的笑脸仿佛清晨的霞光；狄安娜疯了一样地追着他们，又冲自己那笑个不停的小铃铛狂吠。小银被大家感染了，晃着高低起伏的银白身体，像只小山羊一样，站起来旋转着跳起了粗笨的华尔兹，还用前蹄撑地，用后腿不断踢明快而温柔的空气……

XXXI
魔 鬼

忽然，传来了一阵生硬、孤独的蹄声，在特拉斯穆洛街的街角，那头驴出现了，在高高扬起的尘烟里显得格外肮脏。过了一会儿，孩子们提着破烂不堪的裤子，露着黑黑的肚皮，气喘吁吁地朝那头驴扔起了木棍和石子儿……

它是黑色的，很大，很老，骨瘦如柴——就像一位总司铎——仿佛哪根骨头随时都能在它已经没有毛了的皮肤上戳出个洞来。它停下来，龇出了几颗蚕豆般的黄牙，凶狠地发出了高昂的驴叫，那精力与它颓败的衰老完全不符……它是头走丢的驴吗？你不认得它吗，小银？它想干吗呢？那么跌跌撞撞，脚步暴躁，是从哪个人那里逃出来的吗？

看见它，小银立刻竖起了耳朵，一开始，两只朝着一个方向，后来放下了一只，另一只还立着，随后，它朝我走过来，想躲到水沟里去，同时又想要逃跑。黑驴走到小银身边，使劲儿蹭了它一下，拽了拽它的驮鞍，嗅了嗅它的身体，冲修道院的墙壁叫了一声，而后踏着碎步，顺着特拉斯穆洛街走了下去……

　　……酷暑中的那一刻，竟诡异地打了寒战——是我，还是小银呢？——在那一刻，事物似乎被搅乱了，仿佛阳光里一块黑手帕投下的阴影，突然藏起了曲折街巷中那令人晕眩的孤独，空气倏地一下定住了，令人窒息……渐渐地，那遥远的存在把我们交还给了现实。已经能听见海鲜广场那里流动的喧哗了，刚从河口回来的小贩们高声赞颂着他们的围捕、他们的羊鱼、绯小鲷、小金枪、招潮蟹；钟声则宣扬着晨早的教义作为回礼；磨刀人也开始了吆喝……

　　我们两个默默待在那里，一动不动。小银还在颤抖，它不时看看我，不知为什么仍怕得很……

　　"小银啊，我觉得，那头驴不是一头驴……"

　　小银默不作声，整个身体又抖起来，软软地发出了些声响，怯生生地望向了阴暗的排水沟……

63

XXXII
自 由

就在我凝望小路旁的花朵时，一只周身覆着光芒的小鸟引起了我的注意。它在湿漉漉的绿茵上挣扎个不停，试图展开被困的多彩羽翼。我们慢慢走了过去，我在前，小银在后。那里背阴处放着一个供禽鸟喝水的小钵，旁边是几个心术不正的孩子设下的捕鸟网。悲哀的啁啾载着小鸟的苦楚，不自觉地呼唤着它天上的兄弟姐妹。

那是一个明澈、纯净、被天蓝浸透了的早晨。近处的松林里，传来了鸟鸣音乐会兴奋轻快的旋律，它在轻摇树冠的金色海风中一会儿近，一会儿远，迟迟不愿离开。这不幸的纯真音乐会，竟离坏心肠那样近！

我骑上小银，双腿一夹，我们在一阵小跑中爬上坡，进入了松林。穿过大树浓密穹顶下的阴凉，我使劲鼓掌、歌唱、喊叫。小银也受到了感染，发出了一声又一声粗粗的驴叫。回音荡来荡去，响亮又深远，仿佛来自一口宽井的井底。小鸟们唱着歌飞走了，去了另一片松林。

在那些孩子遥远而粗暴的恶意间隙，小银用它毛茸茸的脑袋蹭着我的胸口表达谢意，把我的胸脯都蹭疼了。

XXXIII
匈牙利人 ①

　　小银，你看那些狗，都累坏了，在太阳底下的人行道上，伸着尾巴，展着身体，瘫在那里。

　　那年轻姑娘仿佛是一座污泥雕像，古铜色的胴体从暗红夹杂草绿的破烂羊毛衫间展露出来，她伸出乌黑如锅底的手，拔下了一些干草。小女孩浑身都是毛发，用炭块在墙壁上涂抹一些淫秽的图画。小男孩尿在了自己的肚皮上，好像喷泉落入自己的池子，肆意地大哭。男人和猴子相互抓着痒，他嘟囔着搔它的乱发，它则挠他的肋骨，像是在弹吉他。

　　男人会不时欠身站起来，跑到街中央，望着一个阳台，空洞无力地敲一敲手鼓。接着，被小男孩乱蹬乱踹的年轻姑娘，会骂骂咧咧地唱起走调的单音。猴子则拖着比自己还重的铁链子，没来由地翻个跟头，之后又会跑到排水沟里翻找软一些的石子。

---

　　① 此处指出生在西班牙以外的流浪的吉卜赛人。

三点钟……车站的车出发了，顺新街往上开走了。太阳，孤零零的。

　　"小银，那个就是阿马罗心中的理想家庭吧……男人像棵栎树，却只会搔痒，女人则如葡萄藤般，只知倚靠；一男一女两个小孩儿，只为延续血脉，还有一只猴子，像这世界一样弱小，却一边抓虱子一边养活了他们所有人……"

XXXIV
爱 侣

明净的海风顺着红色的土坡爬上了小山丘的草地，在柔嫩的小白花间笑了起来，随后，它又钻入不修边幅的赤松林里，温柔地晃起闪着微光的天蓝色、玫瑰色和金色的蛛网，就像扬起轻盈的风帆一样……整个下午都被海风占领了。阳光和风让人懒懒的，舒服极了。

小银快乐、灵巧、敏捷地驮着我四处走，好像我没有重量似的，往小丘上爬也如下坡一样轻松。远处，能看见细长的一条海，它在最后的几棵松树间，在岛屿特色的风景里，闪着无色的光，轻轻震颤着。下面的绿草地上，有几头健壮的驴在灌木间跳跃。

一种不安的情欲在溪谷里荡漾。忽然，小银竖起了耳朵，张大了鼻孔，把鼻子皱到了眼睛那里，露出了它菜豆般的黄色牙齿。它深深地呼吸着来自四面八方的风，呼吸着一种我不知是什么的深邃精华，心像是被摄走了一样。是啊，另一个小丘上，蓝天下，它已找到了心头的爱侣。两个小家伙齐声叫起来，响亮而悠长，它们用自己的小号掀翻了那明媚的时光，随后，那叫声又如瀑布般双双向谷地中落去。

我无可奈何地阻止了小银热情的本能，唉，我的小可怜。它美丽的乡间爱侣望着它走过，和它一样哀伤，煤玉般的大眼睛里都是它的影像……无用的神秘呼唤，仿佛化成自由肉身的本能，粗野地轧过了一片片的雏菊！

小银很不顺从地踏步前行，时刻都想往回跑，压抑的小碎步里满是埋怨：

"怎么会这样，怎么会这样，怎么会这样……"

XXXV
水　蛭

等一下。这是什么，小银？你怎么了？

小银的嘴在流血。它咳得很厉害，步子慢下来，而且越来越慢。我一下儿就明白了。今天上午经过比内特喷泉时，小银喝了里面的水。虽然它总是挑水最清的地方，也总是紧咬着牙齿，但毫无疑问，还是有一只水蛭咬在了它的舌头或上颚上……

"等一下，小伙计。给我看看……"

我请修理工拉波索来帮忙，他便从扁桃园跑下来。我们想两人合力撬开小银的嘴，可小银却把它闭得死死的，像是糊上了罗马砂浆。我有些失落地明白了，可怜的小银没我想象中那么聪明……拉波索拿起一根粗粗的木棍，把它砍成了四段，想从小银的下颌骨那边塞进一段去……但这也不简单。小银仰起头，抬起前脚，扭头就跑……终于，在一个出其不意的时刻，木棍从小银的嘴边塞进去了。拉波索骑上驴，抓住露在外面的两段木头，使劲往后拉拽，好让小银无法挣脱。

没错，黑色的水蛭就在里面，胀得鼓鼓的。我用两根葡萄藤做剪刀，把它揪了出来……它像一个赭红的口袋或是装满红酒的小皮囊。逆光看，仿佛是被红布激怒的火鸡肉垂。为避免它再去吸别的小驴的血，我在溪边把它拦腰斩断了，一瞬间，小银的血便染红了溪流漩涡卷起的泡沫。

XXXVI
三位老妇人

上来，小银，到土墙这儿来。我们呀，得让这几位可怜的老妇人先走。

她们应该是从海边或是山上来的。你看，一位是盲人，另两位在搀着她的胳膊领她走。她们应该是来找堂路易斯医生的，或者是要去医院……你看，她们走得多慢啊，看得见的那两位是那么的小心、有分寸，仿佛她们三人所恐惧的是同一场死亡。小银，你看见了吗？她们伸出手，带着荒谬的谨慎，仿佛要止住空气，要拨开想象中的危险，甚至连最纤柔的花枝都不能碰。

你差点掉下去，小伙计……你听，几个人一路上说的话都是那么可悲。她们是吉卜赛人，身穿鲜艳的衣裙，上面满是圆点和层层叠叠的荷叶边。你看见了吗？虽然她们年事已高，但身体完全没有松垮，仍然纤瘦得很。她们皮肤黝黑，汗津津、脏兮兮的，在正午的烈日下，迷惘地站在尘灰里。尽管如此，但那种枯瘦、粗糙的美仍旧伴着她们，仿佛是一段干涸的坚实回忆……

春天在炽热的阳光下轻轻抖着它的甜蜜，让大片的刺菜蓟开出了黄色的花朵。你看她们三个，小银，被这春天浸透了的她们，在面对衰老时，是那样地自信。

XXXVII
小 拉 车

宽宽的小溪因雨水而暴涨，一直漫到了葡萄园去，我们在那儿看见了一辆陷进泥里的老旧小拉车，车上载满了草叶和橙子。一个精疲力竭的、脏兮兮的小女孩坐在轮子上哭泣，她想用稚嫩的胸脯推动小毛驴往前走。那头小驴，唉，比小银还要小，还要瘦，顶着风，在小女孩满含泪水的叫喊中，绝望而无用地试图把小车拖出烂泥。它的一切努力都是徒劳，就像那些勇敢的小孩子的尝试，也像夏日的微风，飞倦了，便晕乎乎地栽入花丛中。

我轻抚了一下小银，把它套在了小车上，让它站在了那头可怜的小驴前，随后下达了温柔的命令。小银一使劲儿，就把拉车拽了出来，浑身沾满浅灰色泥水的它，又把他们送到了坡上。

小女孩笑得是那么开心！仿佛午后落入乌云间隙、碎成黄色水晶的太阳，在她的涟涟泪水中点亮了一道虹彩。

她带着哭后的喜悦，挑选了两个橙子送给我。它们鲜嫩、浑圆、沉甸甸。我心怀感激地收下了，一个送给了瘦弱的小驴，当作它的甜蜜慰藉；另一个，送给了小银，当作它的金质奖品。

XXXVIII
面 包

小银啊，我和你说过的对不对？摩格尔的灵魂是葡萄酒。其实不是，摩格尔的灵魂是面包。摩格尔就像一块小麦面包，内里是白的，面包瓤那样的白，外面却是金的——哦，把一切晒得黝黑的太阳！——柔软面包皮那样的金。

中午，当太阳变得更加炽烫，整个镇子便开始冒烟，开始散出松树和热乎乎的面包味。全镇都张开了嘴。仿佛一张巨大的嘴在吃一块巨大的面包。面包可以配一切东西来吃，它会为它们添上一份香吻的味道。它可以蘸橄榄油、西红柿冷汤，搭奶酪、葡萄、葡萄酒、高汤、火腿，还可以搭面包自己。面包配面包。单吃时，可以配一份希望，或一抹幻想……

面包师傅骑着马咔哒咔哒地来了，他们在每一扇虚掩的门前停下，敲一下门环，叫道："卖面包嘞！"……随后，在赤裸的手臂举起篮子的那刻，人们便会听到那干脆又温柔的声响：四分之一份的面包轻撞小圆面包，大圆面包轻碰面包圈……

穷苦的孩子则会准时去摇栅门的门铃或是扣大门的门环。他们拖着长长的哭音，冲里面喊："给一点儿……面……包吧！"

XXXIX

阿格莱亚 ①

小银，你今天真帅气呀！快过来……这个上午，玛卡利娅可是好好地给你洗了洗澡！你身上的所有白和所有黑都散发着光泽，仿佛雨后夺人眼目的白日与黑夜。你可真帅呀，小银！

小银看见自己的模样，也有些不好意思。它慢慢地走到我身旁，身上还湿着，干净极了，像赤裸的少女。它的脸庞如朝霞般明媚，上面两颗闪烁的大眼睛透着灵气，仿佛美惠三女神中最年轻的那位将热情与光彩借予了它。

我把这些话都说给了它听。在兄弟之间的嬉闹气氛中，我忽然捧住了它的脑袋，开始亲昵地揉捏它，胳肢它……有时它低垂眼目，软软地动动耳朵抵抗，也不逃走，有时，又跳着挣脱开，紧接着再次猛地停住，像一只贪玩的小狗。

"你今天可真帅气啊，小伙计！"我又和它重复了一遍。

---

① 阿格莱亚，希腊神话中的光辉女神，为美惠三女神中最年轻的一位。其余两位分别是欢乐女神欧佛洛绪涅和激励女神塔利亚。

小银像个第一次穿上西装的穷苦孩子，害羞地跑着，一边逃一边快乐地摇晃着耳朵，像是在和我说些什么，随后，它又装作吃紫红牵牛花的样子，停在了畜棚门口。

　　远处的一棵梨树炫耀着自己那由绿叶、香梨和麻雀组成的三重树冠，而阿格莱亚，那将善与美赠予世人的女神，则轻倚在树下，微笑地看着我们，在晨间明澈通透的阳光下，她的身影几乎要消隐不见了。

XL
王冠松树

　　无论我停在哪里，小银，我都感觉自己停在了王冠松树下。无论我到达何处——城市、爱或者荣耀——我都感觉自己到达了它那浓绿的完满，它那在蓝天白云下恣意流淌的完满。在我波涛汹涌的梦里，它是浑圆、明亮的灯塔，在疾风暴雨的海上，引领摩格尔的海员避开沙洲；它是我艰难时光中的牢固山巅，正如圣卢卡尔的乞丐走过的、那条艰辛的红色坡路的最高点。

　　每一次在关于它的记忆中休息，我都会感觉自己强壮无比！它是我长大后唯一仍高大的事物，唯一越来越大的事物。当人们把它那根被飓风折断的树枝砍掉时，我感觉他们也扯掉了我的一条手臂；有时，当我的身体突然感到疼痛，我觉得王冠松树也一定在疼。

　　壮观这个词可以用来形容大海、天空，还有我的心，同样也可以用来形容这棵松树。几个世纪以来，多少不同种族的旅人曾在它的树荫下远望浮云，安心歇息，那时的他们，也在水面之上，在蓝天之下，在我的怀念之心中休憩。当我的思绪开始不修边幅，各种意象便会漫天飞舞，这一刻，有许多事物都可以换种方式看待，从另一边的迥异视角观察，于是王冠松树化成了一幅隽永的图画，在我的迷茫中显现，飒飒作响、愈发高大，请我到它的和平中休养生息，仿佛它就是我生命之旅真正的永恒终点。

XLI
达　尔　庞

　　达尔庞是小银的医生，身形壮如花牛，面色红如西瓜。他有十一阿罗瓦①重。据自己说，已经六十岁了。

　　他讲话时的音不全，像架古旧的钢琴。还有些时候，从他嘴里跑出来的不是词语而是气音。这样的情况发生时，他总会倾着脑袋，重重拍着胸脯，颤巍巍地从嗓子挤出些许哀怨，再往手绢上吐点儿口水，咳嗽时能有的姿势他都要摆出来，仿佛是一场晚餐前的生动音乐会。

　　他已经没有臼齿和其他牙齿了，几乎只吃面包渣，吃前会先用手把它们捏软。他会把它们揉成一个小球，然后丢进红红的嘴巴里。他就这样含着它，不断翻动，一含就是一小时。接着，再丢一个小球，然后，再丢一个。他用牙龈咀嚼，所以下巴上的胡子都能碰到他的鹰钩鼻。

　　我说过，他壮如花牛。往门前的长凳上一坐，就能挡住后

---

　　①　阿罗瓦，重量单位。1 阿罗瓦约等于 11.5 公斤。

面的房子。但他也很像小孩子，在小银面前，会变得柔软、细腻。当他看见一朵小花或是一只小鸟，便会突然咧开大嘴笑起来。他控制不了自己的笑声，笑多快、笑多久，他都管不了，总是声音很大，停也停不下来，最后都会由泪花来收尾。等静下来，他便会久久地向老墓园那边望过去：

"我的小丫头，我可怜的小丫头……"

XLII

男孩和泉水

在被阳光炙烤的贫瘠枯干的院子里，无论踩的步子有多缓，细细的白色粉尘都会升腾上来，到眼睛那么高，把人整个罩住。男孩钻进喷泉池里，二者仿佛一个坦诚又欢悦的组合，却各有各的灵魂。虽然那儿一棵树也没有，但心却被一个名字填满，眼睛也在普鲁士蓝的天空中一遍遍地用光芒书写着它：绿洲。

早上已和午睡时分一样热了，圣弗朗西斯科教堂的院子里，夏蝉正用鸣叫锯着自己栖身之上的橄榄树。阳光晒着男孩的脑袋，但为泉水着迷的他并没有察觉。他趴在地上，把手伸到水流下方。泉水在他的掌心放上了一座悠悠颤动的、别致的清凉宫殿，让他看得入迷。他自言自语着，吸着鼻子，另一只手在破布衣裳里抓抓这儿，挠挠那儿。那座宫殿，永恒不变却又时时更新，间或微微地震颤一下。男孩蜷起来，紧收着身体，生怕自己脉搏的律动惊扰了那流动的玻璃，继而改变万花筒底的精敏纹路，夺去那汪水最初的美妙图样。

"小银，我不知道你会不会明白我和你说的话：但那男孩捧在手中的，就是我的灵魂。"

XLIII
友 谊

我们很懂对方。我会任它走它想走的路，它也总会把我带到我想去的地方。

小银知道，去看王冠松树时，我喜欢走近它，摸它的树干，透过它庞大而明净的树冠去看天空；小银知道，我喜欢绿荫间那条通往旧泉的小径；也知道，对我来说，站在满是松树的小丘上眺望小河是多么有趣的乐事，那里高耸的小树林总是让我想起古典画中才会出现的地方。有时，我会在小银的背上安心地睡着，醒来时，面前总会是这样一处迷人可爱的风景。

我把小银当作一个小孩子来对待。如果路变得崎岖不平，它走起来有些困难，我便会下去，让它轻松些。我会亲吻它、骗它玩儿、惹它生气……但它明白我爱它，从来都不怨我。它太像我，太不像其他人，我甚至觉得它会和我做一样的梦。

小银在我面前温驯得如一位陷入热恋的少女。什么都不抗拒。我知道，我就是它的幸福。见到其他的驴子还有人，它甚至会躲开……

XLIV
唱催眠曲的姑娘

烧炭工家的女儿，像枚硬币，很脏又很美，她有澄明的黑眼睛，煤渣间深褐色的干裂双唇上冒出了血。她坐在茅屋门前的一片瓦片上，正哄小弟弟睡觉。

五月的天光震颤着，炽烫又明亮，仿佛把太阳抱在了怀里。在那闪着光的平和中，能听见田间煮饭的锅沸腾了，能听见卡瓦约斯牧场的嘶鸣，能听见摇曳的蓝桉树间海风的喜悦。

烧炭姑娘深情又温柔地唱道：

> 我的宝宝要睡……着哩
> 在牧羊人马利亚的恩……典里……

她停下来。风在树冠里飒飒响……

> ……我的宝宝睡觉了
> 哄他的人儿也要睡着……

风……小银在被晒烫的松树间缓缓地走，一点点地到达了这里……随后在阴凉的地面躺下，在母亲长长的歌谣里，像一个孩子般，睡着了。

XLV
院中的树

小银，这棵树，这棵我亲手种下的金合欢树，有越烧越旺的绿色火焰。一个又一个春天过去，现在，夕阳中的它，正用自己丰茂而慷慨的树叶遮蔽着我们。我住在这栋如今已被废弃的房子时，它曾是我诗作的最好的支柱。我只需看它一眼，它的任意一根细枝——四月里点缀着祖母绿、十月间装饰着明耀黄金——便会如一位缪斯最纯净的手，在我的额头撒上一缕清凉。它曾是那么细腻、优雅、美丽！

小银啊，如今，它几乎霸占了整个院落，变得粗鲁不堪！我不知道它还记不记得我。对我来说，它已经像是另一棵树了。在我忘记它的时间里，在它仿佛不存在了的日子里，一个又一个的春天任性地把它塑造成了现在的样子，远离了我的喜悦。

它今天什么都不和我说。它只是一棵树，一棵我亲手种下的树。一棵和其他很多树一样、在我们第一次接触时就用丰沛情感浸透我们内心的树。一棵我们曾深深爱过、曾深深了解的树，在再一次见到我们时，却什么都没说，小银。这很悲哀，可是再说些什么也没用了。不，在已融为一体的金合欢与夕阳中，我再也看不到自己的诗作悬挂其间。那优美的枝条已不能带给我诗句，树冠里的光亮也不能再启发我的思想。生命中，我曾那么多次来到这里，期待找到那满含音韵的、清凉的、香气四溢的孤独；如今，小银啊，在这里，我难受得很，只觉得冷，想离开，就像从前想离开那些赌场、商铺和剧院一样。

XLVI
患痨病的姑娘

她笔挺地坐在一张凄凉的椅子上，面色苍白，暗淡无光，仿佛一朵被揉过的晚香玉，蔫蔫地待在粉刷过的冰冷卧室中。寒气仍足的五月里，医生叫她到田里晒晒太阳；但可怜的姑娘却去不了。

"我走到桥上，"她对我说，"您看见了，少爷，那桥就在旁边，走到那儿我就喘不上气了……"

她稚嫩、纤细、破碎的声音落下来，疲惫极了，仿佛夏天里间或落下的几缕微风。

我把小银借给她，想让她出去散个步。她一骑上它，那被黑眼睛和白牙齿占满了的、透着死亡气息的尖脸上便露出了笑容。

……女人们都纷纷跑到门前看我们经过。小银走得很慢，仿佛知道自己背上载着的是纤薄玻璃做的一朵脆弱易碎的百合。小姑娘身穿蒙特马约尔圣母式样的白色衣裙，系着绛紫色的蝴蝶结，因高烧和希望而换了模样，仿佛从天而降的天使，正徐徐穿过小镇，向南方走去。

XLVII
埃尔洛西奥 ①

"小银,"我对它说,"我们要等游行的大木轮车来。他们会带来远方多尼亚纳树林的飒飒声响、阿尼玛斯松林的神秘气息、马德雷斯和多斯弗雷诺斯的清新空气,还有洛西纳的芬芳……"

我为帅气的小银披挂上华丽装饰,好让它在富恩特街上讨姑娘们的欢心。午后晃悠悠的阳光渐渐消逝,在街道两边低矮的石灰屋檐留下了一抹闲散的粉。我们爬上了奥尔诺斯街的土墙,从上面能完整地看到亚诺斯原野上的那条路。

大木轮车就要顺着坡爬上来了。洛西奥的绵绵细雨从匆匆飘过的锦葵色云朵上落下,落在了绿色的葡萄园里。但人们都没有抬眼去看。

---

① 埃尔洛西奥,韦尔瓦省的市镇,位于摩格尔东南。每年,在圣灵降临节的周末,这里都会举办盛大的朝圣游行,以此来纪念洛西奥圣母。

最先经过的是喜悦的新娘新郎，小伙子们很快乐，姑娘们则很勇敢，他们都骑在打扮成摩尔风格、鬃毛编成麻花辫的驴子、骡子还有马上。华美、欢腾的一堆人来来回回，毫无意义地疯狂相互追赶。随后到来的是醉汉们的车，他们喧闹、尖酸、混乱不堪。再后面，是饰有白色帷幔的、床铺般的车，车上载着许多年轻女孩，她们皮肤黝黑，身形紧致，如花般绽放着，都坐在华盖下，用手掌拍着铃鼓，唱着塞维利亚舞曲。还有更多的马，更多的驴……这时，领队高呼："洛西奥圣母万……岁！万……岁！"领队是个干巴巴的谢顶男人，皮肤发红，宽檐帽挂在后背，金权杖歇在踏脚板上。最后，两头大花牛出场了，它们仿佛两位主教，额前挂着缀满小镜子的彩饰，镜中不时闪过被雨打湿的太阳歪歪扭扭的影像，它们被不对称的牛轭拉扯着，缓缓地拖出了白车上银紫相间的兄弟会旗帜，周围满是花朵，仿佛车上载的是一座萎靡的花园。

已经能听见音乐了，但它却在钟声、鞭炮声和蹄甲砸在石块上的生硬声响中被压得奄奄一息……

这时，小银把前蹄弯下去，像一位女士般，跪了下来——这是它的本领之一——柔软、谦恭，且无比宽容。

XLVIII
龙 萨 [1]

　　小银摆脱了缰绳，正在草地上纯洁的雏菊间吃着牧草，我于是坐在了一棵松树下，从摩尔式鞍囊里拿出了一本小书，打开夹着书签的那页，随即高声朗诵起来：

　　　　如人们于五月的枝头所见，玫瑰

　　　　在美好青春，初次绽放，

　　　　天空妒忌……

　　最上方的几根松枝间，一只轻巧的小鸟正在跳跃、鸣啭，它和整个绿色的、焦渴的树尖都被阳光染成了金色。在它的飞翔与啁啾间，能听见种子从壳中被剥离出的清脆声响，随后它们便成了小鸟的午餐。

---

　　① 皮埃尔·德·龙萨（1524—1585），法国十六世纪著名诗人。

······妒忌它色泽明艳透亮······

忽然，一个硕大、温暖的东西，如船头一般泊在了我的肩膀······是小银，它一定是被俄耳甫斯的诗情迷住了，想过来与我一同诵读。我们读道：

······色泽明艳透亮

当拂晓的朝霞将自己的泪水······①

可那只小鸟，大概是消化得太快，用一个假注释把单词遮住了。

那一刻，龙萨遗忘了他的十四行诗《做梦时，我紧挨着我的小疯子》，应该正在地狱里偷偷笑呢······

---

① 本篇被断开的四行诗句为法语，出自龙萨诗作《悼玛丽》，最后一句缺失"洒上（arroser）"一词。

XLIX
放画片儿的人

忽然，没有征兆，响起了一连串干巴巴的鼓声，打破了街道的寂静。随后，一个如瀑布般倾泻而下的声音抖出了一阵长长的喘着粗气的吆喝声。坡道下面传来一阵小跑的声音……孩子们叫喊着：放画片儿的来啦！放画片儿啦！放画片儿啦！

街角，一个插着四面小粉旗的绿色小箱子正在它的马扎上静静等待，镜片冲着太阳。老人敲了好一会儿鼓。一群没钱的孩子，把手插在兜里或是背在身后，安静地把小箱子围了起来。不一会儿，一个孩子跑过去，手里捧着一枚硬币。他往前一凑，把眼睛放在了镜片上……

"现在要看到的是……普里姆①将军……他骑在自己的白马上！……"年迈的外乡人疲倦地说，说完敲了一下鼓。

"巴塞罗那的……港口！"又是一串鼓。

越来越多的孩子攥着准备好的硬币跑了过去。他们把钱举

---

① 胡安·普里姆（1814—1870），西班牙将军、政治人物。

到老人面前，痴痴地盯着他，想要买下他的梦幻世界。老人说：

"现在要看到的是……哈瓦那的城堡！"他又敲了一下鼓……

小银也陪着小姑娘和对门的狗去看画片儿了，它把自己的大脑袋挤在孩子们的头中间，逗他们玩。老人一下子有了好兴致，冲着小银说："你的钱呢？"

没钱的孩子们都装出了大笑的样子，他们望着老人，都怀着想讨好他的卑微的心……

L
路边的花

　　小银，这朵路边的花儿是多么纯洁、多么美啊！有那么多纷乱的公牛、山羊、小马还有人群经过它身旁，而这么柔嫩、脆弱的它却依然在自己孤独的墙垣上，挺立着、细腻着，守护着自己的锦葵色，没有沾染任何不纯净的气息。

　　每天，我们要上坡时，都要走这条小径，你总是先看到掩映在绿草之间的它。有时它旁边有只小鸟，却会在我们靠近时飞走，为什么要飞走呢？还有些时候，它的花瓣就像一个浅浅的酒杯，里面盛满了从一朵夏日浮云中落下的明澈水滴。有时，它会纵容蜜蜂的掠夺，或是默许蝴蝶回旋盘绕的轻舞。

　　小银，这朵花只能活几天，但它的记忆却可以是永恒的。它的生命就像你春天里的一日，或我人生里的一个春天……我该送给秋天什么呢？小银，赠送什么才能换来这朵极美的花，才能让它日复一日地为我们的春天做简单朴实的永恒榜样呢？

LI

洛 德

　　小银，不知道你会不会看相片。我把它们拿给几个农夫看，他们什么也没瞧出来。这个呢，就是洛德，小银，是我有时会和你说起的那只小猎狐梗。看见了吗？它正卧在大理石庭院的一个软垫上，在一盆盆天竺葵间，晒着冬日暖阳。

　　可怜的洛德！它是我在塞维利亚学画画时从那儿带来的。它很白，白得发光，像失了颜色，又浑圆如妇人的大腿，迅猛果断如水龙头里倾泻而下的水。它身上有零星的黑色斑点，仿佛停歇的蝴蝶。它有明澈的双眼，透着无尽的高贵情感。它也有疯狂的血液。当五月的阳光穿过玻璃棚顶，用红色、蓝色、黄色装点着大理石铺就的庭院，它会无缘无故地在百合间飞速地旋转，让人头晕目眩，仿佛堂卡米洛画笔下的雄鸽……有时，它也会爬上屋顶，去雨燕的窝旁引发一场叽叽喳喳的骚乱……小银啊，玛卡利娅每天早上都会用肥皂给它洗澡，所以它永远那么明媚，仿佛屋顶平台上蓝天衬托下的雏蝶。

　　我父亲去世时，它整晚都守在灵柩旁。还有一次，我母亲病了，它卧在床角，不吃不喝地守了一个月……一天，有人到我住的房子来，告诉我一只疯狗咬了它……他们只好把它带到了卡斯蒂约酒窖去，绑在橙树上，免得它再接近任何人。

被带走时，它在小巷里回头看我的那一眼，如当时一样，仍在往我心里钻。小银，那眼神仿佛一颗死去的恒星，会乘着它翻滚的强烈痛苦，超越它的空无，一直存在……每一次有实质的苦痛刺在我的心上时，我面前都会出现洛德在我心里留下的那漫长的一瞥，它漫长得如同从现世通往永生的窄路，我想说的是，它漫长得好像从小溪到王冠松树的那条小路，是永远浸在我内心苦水中的一道深深的痕。

LII
井

井！……小银，它是那么幽深、墨绿、清爽，那么汩汩有声的一个字。好像旋转着钻进黑暗土地、探到清凉之水的就是井这个字本身。

你看，无花果树装点着同时也破坏着井栏。井里面，触手可及的地方，在冒绿芽的砖石缝间，有一朵蓝色的小花正在盛放，透着沁人心脾的香气。一只燕子在更下方筑了巢。更深的地方，在撒着僵直阴影的门洞后面，有一座祖母绿的宫殿，还有一片湖泊，如果往它的寂静里扔一块石头，它就会甚为不悦地嘟囔一阵。最深处，便是天空了。

（夜幕降临了，月亮在深处亮了起来，身边环绕着无常的星辰。嘘！……生命正在路上走向远方。灵魂跳入井中往深处逃遁。在井中似乎能看见暮色的另一面。仿佛会有掌管世界所有秘密的夜巨人从它的口中跳出。哦！平静而神奇的迷宫，阴凉馨香的公园，引人入胜的殿堂！）

"小银，如果有一天我跳进了这口井，不会是因为我想要结束自己的生命，你要相信，我只是为了更早地摘下星星。"

　　小银叫了起来，它口渴了，有些急躁。从井中飞出了一只燕子，惊恐、不安，却沉默无声。

LIII
杏 子

在阳光和蓝天的映衬下，萨尔小巷的白墙被染上了淡淡的紫色。它狭窄而曲折，一直延伸到教堂钟楼。钟楼的南立面长久地挨受着海风的拳头，早已斑驳发黑。从巷子那头，缓缓地，走来了一个孩子和他的驴。男孩已经是小男人的模样，但仍旧矮小、瘦削，甚至比他打蔫儿的宽檐草帽还要小一圈。他沉浸在自己的山里人的美妙内心中，低声吟唱着一首首谣曲：

> ……疲倦的我哟
> 我来把她求……

驴没拴绳子，被背上重重的杏子压着，在巷子里啃着稀疏的脏草。男孩不时回过神，意识到自己正在大街上，便猛地停下来，先半蹲又马上直起两条赤裸的小泥腿，像是在从地上吸取力量。他双手环在嘴边，故作刚硬地吆喝起来，但又会在拖长音时暴露出自己的稚嫩：

"卖杏……子喽！"

就像迪亚兹神父说的，他好像一点儿都不在乎生意，不一会儿就又沉浸回自己的吉卜赛歌谣里：

> ……我不怨你，
>
> 也不会怨你……

他唱着，不自觉地用竿子敲起石子来……

有热乎乎的面包香，还有松树被烧焦的味道。一阵迟缓的微风在街巷轻轻飘着。忽然，在装饰小钟的陪伴下，大钟被敲响，它向众人报时，已经三点了。接着，又响起了一阵连续的钟声，宣告着节日的到来，那一连串洪流般的声响淹没了火车的汽笛与铃声，向镇子高处驶去，划破了熟睡中的小镇的宁静。空气带来的那片虚幻之海，拂过了一个个屋顶，一片芳香的、滚动着的、闪着光辉的水晶之海，一片同样无人的海，一片在孤独的荣光中厌倦了单调浪花的海。

男孩又停下来，回过神，开始吆喝：

"卖杏……子喽！"

小银不想走。它看了又看那男孩，嗅了嗅对方的驴子，和它顶了顶头。两个浅灰色的小家伙用我所不明白的完全一样的方式晃着脑袋，理解着对方，有那么一刻，让我想起了那些白色的熊⋯⋯

"好啦，小银。我和那孩子说，让他把他的驴子给我。你呢，就跟他走，跟他卖杏儿去⋯⋯哎！"

LIV
一 蹄 子

我们正要离开蒙特马约尔农庄，要到给小牛烫烙印的地方去。在午后无边无际的炽热蓝天下，铺了石子的庭院还算凉爽，院中回荡着骏马快乐的嘶鸣、女人清脆的笑声，还有不安的狗的尖锐吠叫。小银待在一个角落里，显得有些不耐烦。

"但是，小伙计，"我对它说，"你不能跟我们去啊，你太小了……"

小银一下子狂躁起来，我只好请外号叫"傻小伙"的小伙子骑上它，跟着我们。

……在明亮的田野上骑马真是一件乐事！海滨沼泽的一片片水洼如散落的碎镜面，阳光映在上边，为湿地覆上了一层金光，旁边已经不转的风车，也在水中弯曲了形象。在马儿们敦实、刚硬的脚步间，小银也踏着迅猛而犀利的碎步，它需要像里奥汀多镇的火车一样，拼命捯腿，才能确保不和"傻小伙"一起被落在路上。忽然，一声枪响。小银的嘴蹭到了一匹黑白花色小马驹的后臀，马驹飞快地给了它一蹄子作为回应。没有人理会。但我看见小银的一条前腿在流血。我下了马，用一根刺和一根马鬃迅速为它包扎了受伤的静脉伤口。随后，请"傻小伙"把它带回家。

他们两个悲伤地顺着干涸的小溪，慢慢往下方的镇子走去了，还不时回头望过来，看我们和马群披着灿烂的阳光飞驰……

回到农庄后，我去看小银，它看上去蔫蔫的，很痛苦。

"你看到了吗？"我叹了口气说，"你不可以跟着人哪儿都去的呀。"

LV

驴 相

我在一本词典上查到:"驴相,引申义为,用驴来进行讽刺。"

可怜的驴!你明明这样好,这样高贵,这样敏锐!讽刺……为什么?难道你配不上一个严肃的描述吗?对你最准确的描述应该如春日故事般美好。形容一个好人时,应该说他很像驴才对!形容一头不好的驴时,应该说它像人!居然是讽刺……你这么智慧,是老人和孩子的朋友,是溪流和蝴蝶、阳光和小狗、花朵和明月的朋友,你很耐心又乐于思考,很忧伤但可亲可爱,你就是草地上的马可·奥勒留 [①]……

毫无疑问,小银是理解我的。它正用那双透亮的大眼睛凝望着我。它们柔软而坚硬,太阳在里面散着光芒,小小的,闪烁着,仿佛挂在一片鼓起的墨绿色苍穹上。唉!但愿它恬静的毛茸茸的脑袋知道我会为它争取正义,知道我比那些编词典的

----

① 马可·奥勒留(121—180),古罗马皇帝、哲学家。

人要好，几乎和它一样好！

　　我在书上的空白边缘写道："驴相，引申义为，应该说是，讽刺地指编词典的蠢人。当然得是讽刺了！"

LVI
圣 体 节

　　我们从果园回来，由富恩特街进入了镇子。经过阿罗约斯时就听见的钟声，到这会儿已经响过三次了，它高昂飞扬的铜音震撼着整个白色村镇。向上蹿的爆竹在日头下冒着黑烟、火星飞溅，在它不断的轰鸣和刺耳的金属乐声间，连绵的钟声在翻转回旋。

　　街道刚刷过一遍石灰，墙面还漆上了赭红的边，到处都是绿色的装饰，哪里都挂着高莎草和山杨枝。石榴红的锦缎、明黄的细棉布、天蓝的缎子为一扇扇窗带来了明媚，守丧的人家则挂着配黑色丝带的纯白毛毯。在波尔切街转角的最后几栋房子那里，明镜十字架缓缓出现了，夕阳的余晖之外，它也映着大红蜡烛的火光，熔化的蜡滴落下来，洒了一路玫瑰的色彩。游行的队伍徐徐走过。打洋红旗帜的是圣罗克，面包师傅的守护圣人，背着香软的面包圈；打灰绿旗帜的是圣德尔默，海员的守护圣人，手捧银帆船；打木樨黄旗帜的是圣伊西德罗，农民的守护圣人，手执牛轭；接着，是更多颜色的旗帜和更多的圣人，随后，圣安娜出现了，她正为年幼的圣母授课；后面跟的是打黑色旗帜的圣约瑟以及打蓝色旗帜的无玷圣母……最后出现的，是宪警所抬的圣体光座，它的白银雕饰被石榴色的麦穗和祖母绿的葡萄环绕，在一支支香吐出的幽蓝烟云间缓缓前行。

日暮时分，响起了清澈干净的安达卢西亚口音的拉丁文赞美诗。已是玫瑰色的太阳，从里奥街的尽头把它低垂的光束散过来，碎在了布满陈旧金色装饰的执事服与圆氅衣间。高处，绯红钟楼四周光洁的蛋白石上，六月宁静时光里的鸽子正编织着它们的一圈圈花环，仿佛燃烧的白雪……

小银在那一刻的寂静里嘶鸣起来。它的温驯与再次响起的钟声、爆竹声、拉丁文的诵念以及莫德斯托乐队的音乐融为一体，在那一刻，回归了那一日的神秘。小银高亢的嘶鸣，变得愈发温柔，低沉的叫声，则愈加神圣……

LVII
散 步

温柔的忍冬藤垂挂在夏日幽深的小路上，我们在底下走着，心里是那样地甜！我有时看书，有时歌唱，或是向天空诵读诗句。小银则啃着阴凉处墙面的稀疏嫩草、覆着微尘的锦葵花朵，还有黄色的酸模。它停得比走得多。不过我也并不介意……

蓝天，蓝，蓝，我着迷地盯着它，看它罩在果实累累的杏树上，越来越高，升向它最终的荣光。整个原野，安静、炽热，闪闪发亮。河上，没有风，只有一片白帆，像是永远地停在了那里。山那边，有火灾冒出的浓密烟雾，浑圆的黑云正越鼓越大。

不过我们的路程其实很短。这不过是纷繁生命中温和而毫无戒备的一天。没有对天空的膜拜，没有河流归向的大海，也没有火焰的悲剧！

在橙花的香气间，可以听见水车喜悦而清爽的金属鸣响，小银于是叫起来，欢快地跳跃着。这是多么简单、日常的快乐啊！到蓄水池边，我灌满自己的水杯，喝起了那流动的雪。小银则把嘴浸在清凉的水中，贪婪地，在最干净的地方，这儿喝一会儿，那儿喝一下儿……

LVIII
斗 鸡

　　我不知道该把那种不适感与什么相比，小银……那尖利的暗红与金色完全不具备祖国那飘扬在海上或蓝天下的国旗的魅力……嗯，也许它和蓝天下的一座……穆德哈尔[①]风格的斗牛场上的西班牙国旗会有些相似……韦尔瓦和塞维利亚之间有许多火车站都是这种风格。乏味的红与黄，让我想起加尔多斯[②]书里描述的内容、小卖铺的样品，还有那些描绘另一段非洲战事[③]的拙劣画作……那种感觉，很像用农场烙铁代替金币的精美纸牌、烟盒和葡萄干盒的彩画、红酒的标签、港口学院[④]颁发的奖项、巧克力附赠的小画片……这类东西为我带来的不适。

①　穆德哈尔，指西班牙"收复失地运动"后，留在天主教统治区生活的穆斯林。同时亦指融合安达卢斯穆斯林元素的天主教建筑的风格。
②　贝尼托·佩雷斯·加尔多斯（1843—1920），西班牙小说家、剧作家、政治家。
③　指西班牙与摩洛哥于1859年至1860年间在非洲境内的纷争。
④　港口学院，诗人曾在此上学。

我为什么要去那儿？是谁带我去的呢？温暖冬日的正午，仿佛莫德斯托乐队的短号……空气里有新酒的味道，有饱嗝儿里的红肠味儿，还有香烟味儿……议员站在那儿，旁边是镇长，还有立德利先生，一位来自韦尔瓦的容光焕发的胖斗牛士。斗鸡场很小，是绿色的；人们从那一圈木栏杆探出身去，各个红光满面，仿佛屠宰后的一车牛内脏或是猪内脏。燥热、红酒和来自粗鄙血肉内心的推搡让他们狠狠往外瞪着眼球。咆哮从他们的双眼中喷出……场内热得很，一切——那么小！是一个塞满了鸡的世界——都被关住了。

　　高高的太阳射下了宽厚的光束，不停地穿透着徐缓飘动的蓝灰烟尘，在脏玻璃一样的尘云上，画着斑驳的影迹。可怜的英格兰鸡，如同两朵尖酸畸形的洋红花朵，飞起来，相互啄咬着眼睛，抓挠着身体。在相同的跳跃中，人们的仇恨，借着蘸了柠檬……或毒药的鸡爪，撕扯着一切。他们不作声，不看，甚至根本不在那里……

　　那我呢，为什么我会在那里，还那么难受？我不知道……一条残破的防雨布在空中颤抖着，仿佛里维拉河上的一片孤帆，越过它，我带着无尽的怀念，望向了外面纯净阳光下的一棵茁壮的橙树，它借着自己所载的白色橙花，染香了空气……我的灵魂散着芬芳——做一棵开花的橙树、一阵纯粹的风、一轮高高的太阳，是多么美好！

　　……可是我，却留在那儿不走……

113

LIX
傍 晚

小镇的暮色恬和而温驯，在它的怀抱中，去猜测遥远的未知、召唤近乎陌生的模糊回忆，是多么地富有诗意！它有迷人的感染力，将整个镇子都钉在了绵长哀思的十字架上。

空气中飘着干净、饱满的麦粒的香气，在清新的星辰下，在打谷场上堆出了一个个模糊的——哦，所罗门——柔软的、泛黄的小谷堆。疲惫困倦的农民们低声哼唱着歌曲。寡妇们坐在门厅，想着死去的人，他们就长眠在畜栏后面，近在咫尺。孩子们从一片暗处跑向另一片，正如鸟儿也从一棵树飞向另一棵……

那几栋简陋的房子里，煤油灯已经开始泛红，但屋外的墙面上仍有暗暗的天光赖着不走，偶尔，有模糊的身影从那微光中走过，覆着尘土，沉默而痛苦——一个新来的乞丐，一个往田里走去的葡萄牙人，或者是一个盗贼。锦葵色的、迟缓而神秘的暮光在人们熟识的事物上罩上了一层柔和，更衬出那些人影的晦暗与怯弱……孩子们跑远了，在那些神秘的、没点灯的门后面，有人说起了一些男人，说他们"把小孩儿们的脂肪抽出来给国王的女儿治痨病"……

LX
印 章

　　小银，那印章很像一块表。打开银色的小盒子，就会看见它紧贴着紫色的墨水垫，仿佛一只卧在窝里的小鸟。把它在我白嫩红润的手掌上压一会儿——那真是一件乐事！——就会出现两排小字：

　　弗朗西斯科·鲁伊兹
　　摩格尔

　　在堂卡洛斯的学校时，我真的很想要一个同学那样的章。后来，我在我家楼上的旧写字桌里找到了一个活字印章，想用它拼出我的名字。但效果不好，不太好印到纸上，不像那位同学的，只需轻轻一压，他的名字就留在了书上、墙上、皮肤上，留在了各个地方：

　　弗朗西斯科·鲁伊兹

摩格尔

　　一天，一个卖文具的人带着阿里娅斯——一头来自塞维利亚的银色小驴——来到了我家。那些尺子、圆规、各种颜色的墨水还有印章都太迷人了！什么形状、尺寸的都有。我把存钱罐砸了，找了一杜罗[1]，请他定制了一枚有我名字和镇名的印章。那个礼拜可真漫长啊！邮局的小车走到我家门口时，我的心跳得是那么厉害！当邮差的脚步在雨中远去，连我的汗水都变得忧伤起来。终于，在一个晚上，他把它送来了。那是一套小巧却复杂的装置，有铅笔、钢笔、姓氏首字母的火漆……总之，有很多很多东西。按下一个弹簧之后，小印章出现了，崭新夺目。

　　家里还有什么需要盖章的东西吗？还有什么不是我的呢？当别人管我要印章时，我总会说："小心点儿啊，都快用坏了！"可真让人烦心！第二天，我快乐地飞奔到了学校：我的书、罩衫、宽檐帽、靴子，还有手上，都印着：

　　胡安·拉蒙·希梅内斯

　　摩格尔

----

　　① 杜罗，货币单位。

116

LXI
下了崽儿的母狗

小银，我要和你说的是印刷工洛瓦多的那只母狗。你应该认得它的，因为我们在亚诺斯路碰见它很多次了……你还记得它吗？它周身洁白透金，仿佛五月稠云密布的暮色……它生了四个小狗崽儿，叫挤奶工莎路德带到了她在马德雷斯街区的破房子里，因为她的一个孩子要死了，堂路易斯请她炖狗崽汤给儿子喝。你知道洛瓦多家有多远吧，在马德雷斯的小桥旁，通往塔布拉斯的过道那里。

小银，他们说，那一整天，那条母狗都像疯了似的到处走，进进出出，探头往街上看，爬到围墙上，见人就去嗅……晚祷时还有人看见了它，在奥尔诺斯街区看守的小屋旁，站在几个炭袋子上冲着落日哀号。

你认得恩梅迪奥街通往塔布拉斯街区那里的路的……小银，它夜里来来回回往那儿跑了四次，每次嘴里都叼着一只小狗崽儿。天亮时，洛瓦多打开家门，母狗就趴在门栅前，温柔地看着自己的主人。怀里紧紧环着的它的小狗，一个个笨拙地颤抖着，不停吮吸它粉红而饱满的乳房。

117

LXII

她和我们

小银，那时她坐在那列黑色的、被阳光笼罩的火车上，要去哪里呢？列车在被架起的高高的铁道上，剪开白色的浓云，朝北方疾驰而去。

我在下面，和你在一起，被金黄的麦浪包裹，田里满是血滴般的虞美人，七月一到，便会为它们戴上灰烬的花冠。淡蓝的蒸汽云——你还记得吗？——徒然向虚无滚动飘升着，顷刻间，为太阳和花朵染上了悲伤……

一闪而过的、裹着黑色头巾的金发姑娘……仿佛车窗转瞬即逝的画框里的一幅虚幻画像。

也许她也会想："那身着丧服的男人和那头银色的小驴会是谁呢？"

我们还会是谁呢！就是我们呀……对吗，小银？

LXIII
麻 雀

圣地亚哥日的上午阴云密布，一切都被罩在白和灰里，像是裹上了一层棉花。所有人都去望弥撒了。麻雀们、小银和我则留在了花园里。

有时，会有细小的雨滴从云中跌落，那些麻雀呀，就在圆滚滚的云朵下，在枝藤间，进进出出，叽叽喳喳，相互轻啄鸟喙。这一只停在枝上，接着又飞走了，只留下空枝颤抖；那一只停在井栏上，啜一口小水洼里映出的天空；另一只跳到长满枯萎花朵——也许阴天能带给它们些许生机吧——的屋檐上。

幸运的鸟儿，从不庆祝固定的节日！它们始终如一的自由与生俱来，真实无妄，教堂钟声对它们来说，只意味着无缘故的快乐。它们喜悦自足，无须承担不可避免的义务；它们没有令可怜奴隶们心醉神往的奥林匹斯圣山，也没有可怖的地狱冥府；它们没有比自己的伦理更重要的伦理，也没有比蓝天更神圣的神。它们是我的兄弟姐妹，我可爱温柔的兄弟姐妹。

它们旅行时不携钱财也不带行李；它们随心所欲地搬迁；

它们能预知小溪的出现，预感树林的所在，只需张开翅膀，便能寻得幸福；它们没有礼拜一也没有礼拜六；它们随时、随处都可以找到沐浴的良泉；它们爱着那无名的爱，爱着一切。

礼拜日，当人们，当可怜的人们关紧大门，去望弥撒时，它们在没有仪式的欢喜爱意里，伴着那清新、爽朗的啁啾，落在上锁屋宅的花园里。在那儿，一位已经与它们相熟的诗人，还有一头温柔的小驴——你要跟我一起吗？——正满怀温情地望着它们，如同望着自己的兄弟姐妹。

LXIV
弗拉斯科·贝雷兹

小银，咱们今天不能出门了。我刚刚在埃斯克里瓦诺斯广场读到了镇长发布的告示：

"摩格尔镇街道上所有穿行犬只，凡未佩戴相应口套或笼头者，均由领命巡警予以射杀。"

小银，这说明，镇上有患狂犬病的狗了。昨晚，我就听见了枪声，是"小镇夜间税务巡逻队"——它是弗拉斯科·贝雷兹的另一项发明——放的枪，在蒙杜里奥、卡斯蒂约和特拉斯穆洛都听见了枪响。

"傻姑娘"洛里娅在家家户户门窗外高喊，说没有疯狗，是我们的现任镇长——和以前那位瓦斯科镇长一样——让"傻小伙"扮成幽灵，还让人放空枪，好偷偷运送他们的龙舌兰酒和无花果酒。但是，万一有疯狗，万一咬你一口怎么办？小银，我都不敢想！

LXV
夏 日

　　小银被牛虻咬了，流着暗红而黏稠的血。知了想用叫声锯开松树，却一直未能得逞……我从短暂小憩的广阔梦境中睁开双眼，沙地瞬间变成了白色，鬼魅地在它的炽热中发着凉。

　　低矮的花丛中缀满了硕大而闲散的花朵，如烟，如纱，如丝纸的玫瑰，捧着四滴胭脂红的眼泪。一片令人窒息的薄雾，为矮矮的松树抹上了一层灰。一只从未见过的黄底黑点的鸟儿，默默站在一根枝丫上，化作了永恒。

　　看果园的人敲打着铁罐，想把伊比利亚喜鹊吓跑，它们天蓝色的庞大鸟群总是一起来偷橙子吃……我们来到大核桃树的阴凉下，我切了两个西瓜，在一声长长的脆响之后，深红鲜嫩、仿佛覆着霜的瓜瓤便暴露出来。我慢慢地吃着我手里的，听着远处镇上的晚祷钟声。小银则喝着自己西瓜的甜果肉，仿佛它是水一样。

LXVI
山　火

大钟敲响了！……三声……四声……是火灾！

我们都放下晚餐，揪着心，顺着黑漆漆的木梯窄道，急匆匆又默不作声地往屋顶平台上爬去。

"是卢塞纳的林地！"阿妮娅冲楼梯下面喊着，她已经在上面了，比我们先跑进了夜空里……"当，当，当，当！"一出来，我先深吸了一口气，大钟干脆地敲出生硬、洪亮的钟音，同时也击打着我们的耳膜，揪紧了我们的心。

"真大啊，真大啊……真是场大火……"

是啊。在松林黑色的地平线上，遥远的火焰似乎静止在澄澈的狭窄光带中，那景象酷似黑色与朱砂色相间的珐琅瓷，正如皮耶罗·迪·科西莫[1]所作《狩猎图》中的火光，只用纯粹的黑、红、白画成。有时那光亮得更猛些，有时，红几乎变成了新月的粉……八月的夜空高阔却迟滞，甚至可以说那火永远

---

[1]　皮耶罗·迪·科西莫（1462—1522），意大利画家。

123

地凝在了这夜里，仿佛成了一种构成它的永恒元素……一颗流星划过半个天空，没入了蒙哈斯上空的深蓝里……和我在一起的，只有我自己……

　　小银在下面畜栏里的一声嘶鸣把我带回了现实……大家都下去了……一阵寒战中，夜的苍白——已到采摘葡萄的时候了——刺伤了我，我感觉，那个在我孩童时期放火烧山的男人好像走过了身旁。他是一个像"小公鸡佩佩"——摩格尔的王尔德——的人，已经有些老了，皮肤黝黑，花白鬓发，穿着黑色紧袖半长外套，罩起他如女性般浑圆的身体，一条棕白大格长裤，裤兜撑得鼓鼓的，里面塞满了长长的直布罗陀火柴……

LXVII

小 溪

小银，这条小溪现在已经干涸了，我们经常沿着它去卡瓦约斯牧场的。我很多已经发黄的旧书上都有它，有时，和现实一样，它就在草地的盲井旁，周围是被太阳晒蔫了的虞美人，或是落了一地的布拉斯李子；还有些时候，它在叠加的记忆或变幻的隐喻中，会被移到遥远的地方，有时，那些地方并不存在或者可能并不存在……

小银，正是这条小溪让我儿时的幻想微笑闪耀，仿佛烈日下的赤鸢。对它最初的探索给我带来了无穷乐趣，那时，我意识到，这条亚诺斯的小溪就是将圣安东尼奥街与它会唱歌的杨树林分隔开来的那条溪流；夏天，它干涸时，顺着它便能来到这里；冬天，如果在杨树林的溪水上放上一只软木做的小船，那船便会经过安古斯蒂亚斯的桥下——每当牛群经过，它都是我的庇护所——漂到这里的石榴树林……

孩童时期的想象真可爱啊，小银，我不知道你有没有或是曾经有过这样的想象。它们来来去去，愉快地变换着。什么都可以看，但能看见的却只有幻想中转瞬即逝的一个个印象图章……我走在路上，仿佛失了一半视力，半盲地凝视着自己的内里与外在，有时，会翻动一下灵魂暗处所承载的生命图像，或是把诗栽在一条真正的溪流旁，让它如花朵般面向太阳开放，只是，这被照亮的灵魂的诗歌，后来，便再也寻不到了。

LXVIII
礼 拜 日

急促而洪亮的小钟钟声一时近，一时远，回荡在节日早晨的空中，仿佛整个蓝天都是玻璃做的。田野原本病恹恹的，却也让绽放、翻飞的喜悦所洒下的音符镀上了一层金。

所有人，包括守卫，都去镇上看游行了，只有小银和我留了下来。真平静！真清净！真舒服啊！我放小银去高处的草地吃草，自己则卧在一棵站满了鸟儿的松树下读书。欧玛尔·海亚姆 ①……

在两段钟声之间的静默里，九月早晨所孕育的躁动开始有了它的形象和声音。黑金相间的胡蜂，盘旋在一棵满是饱满麝香葡萄的藤蔓旁；酷似花朵的蝴蝶，在重新起飞的那刻，仿佛在某种彩色的变形中获得了新生。寂寞是光明化作的伟大思想。

小银不时放下眼前的美味，抬头看看我……而我也不时放下手中的书，看看小银……

---

① 欧玛尔·海亚姆（1048—1131），波斯诗人、天文学家、数学家。

LXIX

蟋蟀的歌

在一次次夜晚的漫步中，小银和我熟悉了蟋蟀的歌声。

黄昏时，蟋蟀会唱起第一支歌，开始总是有些犹疑、低沉、生涩。它的声调暗哑，稍做调整，便会渐渐扬起来，仿佛在寻找那一时、那一处的和谐，随后，便缓缓落在它的位置。当澄澈的绿色天空挂起繁星，那歌声便会忽然透出自由银铃的悦耳温柔。

紫红的清凉微风去了又来，夜晚的花朵已然盛开，天上与人间的蓝色草地交织在一起，散出了纯粹而神圣的清香，在原野上轻轻飘荡。这时，蟋蟀的歌声激昂起来，填满了整个原野，仿佛它就是黑暗本身的声音。这声音不再犹疑，也不再停歇。它由自己滋养，每一个音符都是另一个的双胞胎，连绵不断地延续着黑暗水晶般的姐妹情谊。

时间平静地流逝。世上没有战争，安睡的农夫在梦境中凝望最高最深的天空。或许，在土坯墙上的藤蔓之间，有爱意正在沉醉于彼此的四目间流转。蚕豆地仿佛正处于纯真、赤诚的少年时代，为镇子送来温柔芬芳的信息。田里的麦子翻滚如浪，青翠如月，渴望着凌晨两点、三点、四点的风……蟋蟀嘹亮的歌，在此时已消隐无声……

它在这儿呢！当我和小银打着寒战，踏着洁白窄径上的夜露往家走时，又听见了，哦，清晨蟋蟀的歌声！微红的月亮已开始打着瞌睡轻缓地下落。那陶醉于月明、沉溺于星光的歌声变得浪漫、神秘、层出不穷。就在这时，一大片镶着悲伤的青紫色边缘的阴云，缓缓地，将白昼从大海中拉起……

LXX
斗 牛

　　小银，你是不是不知道这些孩子为什么来？他们来问我，能不能带你去看今天下午的斗牛，去求钥匙①。但是你不要为难，我已经告诉了他们，想都不要想。

　　小银，人们真是像疯了一样！整个镇子都因斗牛而兴奋。乐队从天蒙蒙亮就开始在小酒馆前奏乐，现在已经筋疲力尽，音符都不在调上了。车辆和马匹在新街上上下下，川流不息。人们在后面的小巷里为斗牛队伍装饰着"金丝雀车"，它是孩子们的最爱。庭院里已经没了鲜花，都叫拿去献给了主席们的夫人。那些头戴宽檐帽、身着罩衫、口叼雪茄的年轻人踉踉跄跄地走在街上，身上散发着马厩和烈酒的气味，看到他们不免让人心伤……

　　到下午两点，小银，在那阳光下的孤独时刻，在那一天中最明亮的空当，在斗牛士和主席夫人们梳妆打扮时，你和我将

---

　　① 西班牙传统的斗牛开始前，前导员会向主席台请求钥匙，打开牛栏。

会和去年一样，穿过后门，经过小路，走到田野上去。

过节的几天，被人们所抛弃的田野是这么美！在果园的一片新葡萄地里，一位老人正弯腰俯在酸涩的葡萄和清澈的小水渠上……远处，斗牛场聚成一圈的喧闹、掌声和音乐，仿佛一顶低俗的王冠，升上天空，罩在了整个镇上。我向大海平静地走去，那喧杂的噪声也随之消失……小银，我此刻的灵魂，因内心的良善，而成了大自然健康庞大身躯的真正主宰。受到尊重的它，会给配得上的人恭顺地奉上它明澈且永恒的美。

LXXI

暴风雨

　　恐惧。窒息。冷汗。可怖的天空低垂，压抑着黎明的到来。（无处可躲。）寂静……爱停息了。罪过在震颤。内疚盖住双眼。更加寂静……

　　雷声沉闷、迂回、永无止息，像一个没有打完的哈欠，或从天顶落至村镇的巨石，在荒凉的早晨长久地翻滚。（无处可逃。）脆弱的一切——花朵和飞鸟——都从生命中消失不见。

　　惊恐从半掩的窗胆怯地望去，窥见了被悲戚天光照亮的上帝。远处东方的云被撕了一道口子，露些许淡紫和瑰红，它们悲伤、肮脏、冰冷，无法战胜黑暗。在仿佛四点的天色下，六点的车开过街角，大雨滂沱，依稀能听见车夫给自己壮胆的歌声。随后，收葡萄的马车，空荡荡的，疾驰而过。

　　晨祷！轰鸣中一场生硬的、被遗弃的、满含呜咽的祷告。是世界上最后一场三钟经的晨祷吗？希望钟声赶快停止，或者干脆更重地响起，更猛烈地响起，压制住那暴风雨吧。人们犹疑不绝,哭泣着,不知所措。

（无处可躲。）心已僵硬。孩子们的叫喊从四面传来。

"在毫无遮掩的畜栏中,孤零零的小银怎么样了?"

LXXII

收 葡 萄

小银，今年载葡萄回来的驴子可真少啊。告示上用很大的字写着"六雷阿尔①一公斤"，但仍旧是徒劳。那些卢塞纳、阿尔蒙特、帕洛斯的驴子都在哪儿呢？从前，它们都会来到这里，载上那黄金般贵重的液体、那流淌甜浆的紫葡萄，正如你载着我的血肉之躯。那些马群都在哪儿呢？从前，它们都会一小时一小时地在此等待，等压榨机腾出空来。从前，葡萄酒会多得在街上流淌，女人和孩子们都拿着小罐、小缸和小瓮来接个够……

那时的酒窖里真是充满了欢乐，小银，尤其是迭兹莫酒窖！在那棵高过屋顶的大核桃树下，酒窖主人们一边唱歌一边用沉甸甸的铁链刷洗着木桶，声音清脆而响亮；制酒工们光着腿，捧着罐子里覆满泡沫、色泽鲜艳的初榨葡萄酒或公牛血红酒；那院子深处的屋檐下，木桶工在芬芳、洁净的刨花中敲打

----

① 雷阿尔，货币单位。

着木材，发出浑圆的空响。我在和蔼可亲的酒窖主人间穿行，从一扇门进入阿尔米兰特酒窖，又从另外一扇离开，两扇欢快的门相对而立，互相为对方带去光明与生机……

二十台压榨机昼夜不停地榨着葡萄。满是疯狂、晕眩和炽热的乐观！可今年，小银，那儿的窗户都封得死死的，仅畜栏那边的那家还开着，里面也只有寥寥两三个制酒工在工作。

小银，现在咱们得做点儿什么了，不能总是这么懒呀。

……其他的驴子都驮着货，它们都往轻松、散漫的小银这边瞧。为了不让它们记恨、误会它，我带小银去了临近的打谷场，给它载上了些葡萄，又领它去了压榨作坊，路过其他驴子时，我们特意走得很慢很慢……然后，我就带小银偷偷离开了那里……

LXXIII
夜 曲

正庆祝节日的镇子泛着红光，那红一直染到了天上。酸涩、怀旧的华尔兹舞曲顺着柔和的风飘了过来。钟楼看起来很封闭，透着青紫，沉默且刚硬，环绕它的是糅在一起的流浪的紫、深蓝和麦秸色……远处，在城郊酒窖的后方，困倦的黄色月亮，孤零零地，正往河面落去。

田野上只有它的树和它的树的树影。一只蟋蟀唱着残破的歌，几处隐泉正在梦中交谈，空气中有湿润的温柔，仿佛消融的星星……小银，在它温热的畜栏里悲伤地叫了起来。

山羊将会醒来，它的铃铛会一直摇晃，晃出些许温柔，最终，又会沉默下去……远处，在蒙特马约尔那边，另一头驴叫了起来……随后，瓦耶胡埃洛那边也响起了驴叫……还有几声犬吠……

在这个澄澈的夜，园中的花朵也都能辨得清颜色，仿佛是在白天。富恩特街尽头的那栋房子旁，一盏忽明忽暗、发着红光的路灯下，一个孤独的男人转过了街角……是我吗？不是

136

的。月亮、丁香、微风和阴影为晦暗的天空染上了芬芳和金色的微光，又推它轻轻移动，我正站在它下面，倾听自己独一无二的深沉的心。

地球旋转着，被汗水润湿了表面，柔软得很……

LXXIV
萨 利 托

一个绛紫色的傍晚，我在溪旁的葡萄园里收葡萄，女人们告诉我，有一个黑人在找我。

我于是往打谷场走去，正巧他已经顺着小路走下来了。

"萨利托！"

是萨利托，我来自波多黎各的女友罗莎莉娜的仆人。他想在镇子上斗牛，所以离开了塞维利亚。他刚从涅布拉镇一路走过来，格外显眼的斗牛士斗篷披在肩上，饥肠辘辘，身无分文。

采葡萄的工人都斜着眼窥看他，脸上满是掩盖不住的轻蔑；女人们都躲得远远的，倒不是为了自己，而是因为她们的男人。来之前，经过压榨作坊时，他和一个小伙子打了一架，对方一口咬下了他的一只耳朵。

我冲他微笑着，亲切地和他说着话。萨利托不敢和我有什么接触，只在那里一边轻轻抚摸正吃葡萄的小银，一边向我投来满含高尚神情的目光……

LXXV
午 睡

　　我在无花果树下醒来时，午后的阳光正透着它悲伤、苍黄、暗淡的美。

　　一阵干燥的微风，带着熔化在暑热里的蔷薇的香气，抚摸着梦醒后汗涔涔的我。蔫蔫的老树上，大片大片的叶子轻轻摇晃，时而为我罩上阴影，时而又漏下炫目的光亮。我像是躺在一个摇篮中，从烈日下被推进阴凉里，又从阴凉里被推回到烈日下。

　　远处，一阵玻璃般的热浪滚过之后，荒凉的镇上敲响了三点夕祷的钟声。小银偷了我一个深红色的沙瓤如霜的大甜西瓜，听见钟声，只顾站在那里，一动不动地用它充满疑惑的大眼睛望着我，任凭一只黏腻的绿苍蝇在它的双目间移来动去。

　　在它疲惫的双眼前，我的眼睛也再次疲惫了起来……微风转了方向，像一只想飞却忽然被折了翅膀的蝴蝶……翅膀……我松垮的眼皮，忽然，合了起来……

LXXVI
烟 火

在有节日聚会的九月夜晚，我们会爬上果园那个家后面的小山。池边的晚香玉把自己芬芳的和平悄然漫到山顶，我们就站在那儿，尽情感受节日中的小镇。葡萄园的老看守比奥萨醉倒在打谷场的地上，一小时接一小时地，对着月亮，吹着海螺。

天色已晚，人们已经开始放烟火了。先是声音闷闷的小炮，紧接着，是短尾烟花，一口气的工夫，就在上方铺散开，整个天空仿佛装满星星的眼睛，在一瞬间内变幻着颜色——红、紫、蓝——望着原野；另一些烟花的光芒从高处散落，仿若俯身的裸体少女，又好像血色的垂柳，向下滴洒光做的花朵。哦，看那被点亮的孔雀，看那明丽玫瑰的空中花坛，看那在星光庭园中穿梭的火鸟！

每一次烟花炸开，每一瞬天地明灭，都会让变幻着蓝、紫、红色的小银颤抖；在晃动的光亮中，小银投在山顶的身影忽大忽小，它睁着黑色的大眼睛惊恐地看着我。

在远处镇上的喧闹中，金色的王冠旋转着从城堡升上星空，仿佛在宣告节庆已进入尾声，它巨大的轰鸣让女士们闭上了眼睛，捂住了耳朵。小银在葡萄藤中四处奔逃，中了邪一般，不停冲黑暗中的寂静松林疯狂嘶鸣。

LXXVII
花果园

既然已经到了省城①，我就想带小银去看看这里的花果园……我们在金合欢和载满果实的香蕉树的清凉树影下，沿着栅栏，慢慢向下走去。小银的脚步不断回响在被渠水冲刷得亮闪闪的大石砖上，砖面断续映着天空的蓝或载着落花的白，漫出清甜、细腻的香。

花园也被水润透了，常春藤叶不停往铁栏杆外探，清新和芬芳从叶片间的一个个空隙钻出来。园里有孩子在玩耍，白衣飘飘，如浪翻卷。一辆小贩的推车，插着紫色小旗，撑着绿色顶篷，咯吱吱、叮叮当地从孩子间穿过；卖榛仁的小船被涂成石榴色和金色，用花生穿起的渔具做装饰，烟囱不停冒着烟；卖气球的小姑娘，紧抓着手中会飞的蓝色、绿色、红色的巨大气球串；还有卖蛋卷的人，疲惫地在红色铁罐头下休息……天空中一团团树木的绿已被秋天染上了颓废，只有丝柏和棕榈依

---

① 这里指韦尔瓦。

旧且更加青翠，发黄的月亮在瑰红的云间慢慢亮起来。

　　已经到门口了，我正要往园里走，看门的蓝衣男子，手里拿着黄色的甘蔗秆和大大的银表，对我说：

　　"驴不能进去，先生。"

　　"驴？什么驴？"我对他说着，往小银身后望去。我已然忘了它有动物的外表。

　　"还说是什么驴，先生。还能是什么驴！……"

　　在这现实世界，小银因为是驴而"不能进去"，我作为人，也不想进去了。于是，我们掉过头，顺着小路开始往上走。我轻轻抚摸着它，和它说起了别的东西。

LXXVIII
月 亮

　　小银刚刚在院里喝了两桶映满繁星的井水，随后，穿过高高的向日葵，漫不经心地往畜棚走去。我倚在门口刷过石灰的角落里等它，周身包裹着天芥草的含蓄香气。

　　越过被九月的温柔润透了的屋顶，能看见远处正熟睡的林地，松树们正大口大口地喘息。一大团乌云，仿佛一只下了金蛋的巨型母鸡，将月亮放在了一座小山丘上。

　　我对月亮说：

　　　　……然而天上

　　　　只有这轮月亮，若不是

　　　　在梦里，无人曾见它坠亡。[①]

<hr />

　[①]　出自意大利诗人贾科莫·莱奥帕尔迪（1798—1837）诗集《歌诗》的第三十七首对话体抒情诗小作。

小银专注地望着它，抖了抖一只耳朵，发出了笃定却柔软的声响。它回头凝神望向我，又抖起了另一只耳朵。

LXXIX
喜 悦

　　小银会和那只洁白如新月的漂亮小母狗狄安娜玩儿，也会和灰色的老山羊还有孩子们玩儿……

　　狄安娜在小驴面前跳跃，轻盈而优雅，小铃铛柔声作响，它还不时假装咬一咬小银的嘴。小银两耳竖立，仿佛龙舌兰做的角，它软软地撞一撞狄安娜，看对方在满是花朵的草坪上翻滚。

　　山羊走在小银身旁，贴着它的腿，不时用牙齿从它背上揪下些香蒲叶。过一会儿，山羊嘴里叼着一支紫茉莉或是一朵雏菊，跳到小银跟前，和它顶一下脑门后就又跳开了，快乐地咩咩叫着，柔情蜜意得像个女孩子。

　　在小孩子中间时，小银就是一个玩具。它的耐心得有多绵长才能忍受着他们的疯狂啊！它走得很慢，停下来，装作憨傻的样子，以免他们摔下来。接着又突然假装踏起蹄子往前走，吓他们一大跳！

　　摩格尔秋日的明亮午后！当十月的纯净空气削尖了澄澈的

声响，山谷里传来一阵喧闹——山羊的咩咩叫声、小驴的嘶鸣、孩童的笑声、小狗的吠叫，还有轻柔的铃铛响，如田园诗般悠然飘上天空……

LXXX
海鸭飞过

我去给小银喂水。宁和的夜里，浮云闲散，星辰满天，在院子的静寂中，能听见天空中不断有清亮的哨音划过。

是海鸭。它们为躲避海上的风暴，正往地里飞。有时，能听见它们的翅膀、鸟喙发出的细微声响，仿佛我们升到了高处，抑或是它们落到了低处，很像在原野上听见远处人说话的感觉……

小银喝一会儿水，就会像我和米勒①画中的女人们一样，满怀无限的柔软思念，抬起头去望星星……

----

① 让-弗朗索瓦·米勒（1814—1875），法国巴比松派画家，擅长描绘乡村风景。

LXXXI
小小姑娘

小小姑娘曾是小银的幸福之光。她身着白色连衣裙，头戴稻草帽，穿过簇簇丁香，娇滴滴地唤着："小银，小小银！"一瞧见她朝自己走来，小驴就想挣断绳索，如孩子般蹦跳着，像疯了一样狂叫。

她盲目地信任小银，一次又一次地从它身下钻过，用脚轻轻地踢它，往它粉色的大嘴里、雉堞般的黄牙齿间放洁白如晚香玉的手；她还会揪住它为她而低下的耳朵，用各种亲昵的名字唤它："小银！大银！小小银！小银银！小银球！"

在小小姑娘躺在自己的小床中，向死亡顺流而下的漫长时日里，没有人记起小银。她在弥留之际，仍在悲伤地唤着：小小……银！……在她昏暗的、满是叹息声的家里，有时，能远远听见她朋友的哀叹。唉，多么伤感的夏天！

上帝为午后的葬礼添了无数华美的装饰。当时，那个像现在这样的瑰红与金色相间的九月正走向尾声。墓园里，一遍遍钟声回响，落日余晖正敞开胸怀，照耀着通往荣光之路！……

我一个人，沉郁地顺着土坯墙走了回来，从院子的门进了家，躲开所有人，径直走入了畜棚，坐在那儿，和小银一起陷入了哀思。

LXXXII
牧 童

傍晚的绛紫已将山丘渐渐幻化为阴森的晦暗，牧童正在明暗不定的金星下吹着哨子，他的黑色剪影被淡绿玻璃般的西部天空衬得格外清晰。回到镇上之前，畜群在熟悉的草坪上，又散开了一阵子。它们清脆而温柔的小铃铛与只闻其香、不见其影的花朵交缠在一起，因那愈渐浓郁的芬芳而迷醉、兴奋，在黑暗中闪闪发亮，一会儿叮当作响，一会儿又静止不动。

"少爷，要是那驴子是我的就好喽……"

在说不清确切时间的傍晚，那孩子显得更加黝黑，也更加有田园诗意，敏捷的双眼收集着那一刻的所有光亮，像极了杰出的塞维利亚人巴尔托洛梅·埃斯特万[①]画中的某一个小乞丐。

我可以把驴给他……但是，小银，没了你，我该怎么办呢？

---

① 巴尔托洛梅·埃斯特万·穆里约（1617—1682），西班牙塞维利亚画家。

月亮升起来，圆圆的，挂在蒙特马约尔的小教堂的上空，轻轻在草地上洒下一路光芒，与流连绿荫的白日残晖融在了一起；满地的花朵似是在梦里，编织着质朴而美丽的花纹；山石显得更加庞大、切近、悲伤；不见踪影的小溪哭得愈发动情……

牧童已经走远了，仍在贪心地喊着：

"唉！要是那驴子是我的就好喽……"

LXXXIII

金丝雀死了

小银，你看，孩子们的金丝雀今天早上被发现死在了它的银笼子里。是啊，可怜的它已经很老了……你记得吧，上个冬天，它一直把脑袋缩在绒羽里，沉默得很。这个春天到来时，阳光让花园敞开了胸怀，催得园里最美的玫瑰盛开，它也很想去装点这崭新的生命，于是唱起歌来；只是它的声音已经支离破碎，喘得厉害，像裂缝竹笛的气音。

负责照顾它的是孩子中最年长的那个，看见它僵在鸟笼深处，焦急地带着哭腔说：

"但什么都没缺它的，有吃的，也有水啊！"

不缺，它什么都不缺的，小银。它死了，只是因为它已经要死了——坎波阿莫尔[1] 会这样说——其实他也是只年老的金丝雀啊……

小银，会有一个鸟儿的天堂吗？蓝天上会有一座绿色的花

---

[1]　拉蒙·德·坎波阿莫尔（1817—1901），西班牙诗人。

果园吗？一切都被金色的玫瑰<u>丛</u>簇拥着，白色、粉色、天蓝色、黄色的鸟儿的灵魂在其间徜徉。

晚上，孩子们，还有我和你要一起把死去的鸟儿带到花园去。月已经圆了，它的银色面庞铺洒下了一片苍凉，可怜的歌者将被捧在布兰卡[1]纯真的手掌，仿佛一朵黄百合颓萎的花瓣。我们将把它葬在那片茂盛的玫瑰<u>丛</u>下。

等春天再来，小银，我们一定会看到这只小鸟从一朵白色玫瑰的心中飞出来。芬芳的空气将变得和谐悦耳，四月的阳光下，将有看不见的翅膀喜悦地扑扇，伴着一连串清亮如纯金的神秘鸣啭。

---

① 布兰卡，诗人的外甥女。

LXXXIV
小 山 丘

小银，你从来都没有见过我坐在那座小山丘上吗？那样子一定古典又浪漫。

……公牛、野狗、乌鸦从我身旁经过，我都没有动，甚至连看都不看。夜幕降临，只有影子完全不见时我才会离开。我不记得第一次去那儿是什么时候，到现在我仍旧怀疑自己是否踏上过那座山丘。你知道我说的是哪一座了吧。是那座科瓦诺的老葡萄园上，如男人和女人躯体般耸立起来的红色山丘。

我在那儿读了我读过的所有书，酝酿出了我的所有思想。在所有的博物馆中，我都能看见这幅我的作品，我自己绘出的画：我，身着黑衣，坐在沙石上，背对着我自己，我是说，背对着你，或者其他任何观者，任自由的思考在我的双眼和夕阳间尽情滋长。

比尼亚的家里来人叫我了，问我要不要回去吃饭或睡觉。我想，我会过去，只是不知道会不会留在那里。我能确定的是，小银，现在我并不在这里，并不和你在一起，我永远都不会在我所在的地方，甚至死后长眠坟墓时也不例外。事实上，我在，并将永远在那座古典而浪漫的红色小山丘上，手里捧一本书，望着斜阳往河面落去……

LXXXV
秋　日

　　小银，太阳已经开始懒得起床了，农民们现在都比它起得更早。的确，它现在赤裸裸的，凉快了许多。

　　北风吹得很厉害。你看，地面上都是落下的残枝。风笔直又锐利，所以树枝都相互平行地躺在地上，指着南方。

　　小银，开沟犁就像是粗糙的战争武器，做着和平的快乐农活儿。在宽阔而湿润的大道上，坚信来年会披上新绿的黄叶满满的树木，在道路两旁，如浅金色的火堆般，热切地照亮了我们匆匆的步伐。

LXXXVI
被拴住的狗

小银，对我来说，入秋的时节很像一条被拴住的狗，在已经转凉的忧伤午后，在一间畜栏、一座庭院或一个花园的寂静里，干脆又长久地吠叫……这些日子，周围的景致被染上了更多的明黄，无论我在哪里，小银，都总能听见那只被拴住的狗在冲着夕阳长吠……

没有什么比它的叫声能更让我想起一曲挽歌。那是整个生命的金子都要溜走的时刻，就像一个守财奴在自己最后一盎司的珍宝行将毁灭时的心。那几乎已不存在的黄金，被灵魂贪婪地捧起来，放在各处炫耀，就像孩子们用破碎的镜片收集起阳光，并把它映在黑暗中的墙面，聚合成蝴蝶或枯叶的图像……

麻雀和乌鸫在橙树或金合欢上，追随着太阳，一点一点攀上了更高的枝。太阳则变成了玫瑰色、锦葵色……美将这转瞬即逝的、停止了心跳的一刻化为了永恒。仿佛在活着的同时又永远地死去。那条狗，感觉到那美好或许已经消逝，便对着它发出了尖厉而炽热的嗥叫……

LXXXVII
希 腊 龟

我们兄弟俩是某天中午在放学路上经过小巷子时发现的它。那是个八月——小银，那普鲁士蓝的天空简直蓝到发黑——为了避开暴晒，他们才带我们从那儿抄的近路……它就待在粮仓墙角的绿草间，像一块土疙瘩似的，毫无防备，只有角落里慢慢腐烂的那一丛年老的黄蝉为它身上披上了几缕阴凉的护佑。在佣人的帮助下，我们战战兢兢地把它捡起来，满怀期待地冲进家门，大喊道："乌龟啊，乌龟啊！"它实在太脏了，所以我们马上给它冲起了澡，仿佛贴画转印术般，它的背上出现了黑金相间的花纹……

堂华金·德·拉·奥利瓦、"绿鸟先生"，还有其他听说了的人都告诉我们，那是一只希腊龟。后来，在耶稣会学校时，我上了自然史的课，看见书上画着它，和捉到的那只一模一样，名字是希腊龟；还有一次在水族箱里瞧见了被涂得油光光的它，小纸片上写的也是相同的名称。所以，毫无疑问，小银，它就是一只希腊龟。

从那以后，它就一直和我们在一起。小时候，我们总是捉弄它。有时把它放在秋千上荡，有时把它往洛德身上扔，还有时把它翻过来四仰八叉地待一整天……有一次，"小聋子"甚至朝它开了几枪，想叫我们见识一下它的壳儿有多硬。子弹跳起来，其中的一颗杀死了一只正在梨树下喝水的可怜白鸽。

　　有时，几个月都不见它的踪影。之后的某天，它又会突然现身在炭堆里，一动不动，像是死了一样。另一次，是出现在了下水道中……有时，出现的是一窝龟蛋，说明它还待在某个地方。它和母鸡、鸽子、麻雀一起进食，最喜欢吃的是西红柿。有时，它会在春天里成为院子的主人，仿佛它永恒、孤独、枯干的老年生命又抽了新枝，仿佛它诞下了自己，要再活一整个世纪……

LXXXVIII
十月的午后

假期已经过去了，伴着最初几片黄叶的飘落，孩子们都回到了学校。孤独。家里的阳光，伴着落叶，也显得空空荡荡。幻觉里，有遥远的呼喊和缥缈的欢笑……

黄昏缓缓地落在仍开着花的玫瑰丛上。夕阳余晖点燃了最高的几朵玫瑰。挺立的花园，仿佛芳香的火焰，向燃烧的西边伸去。一切闻起来都像烧焦的玫瑰。寂静。

小银和我一样无聊，不知该做些什么。它慢慢走近我，迟疑了一刻，终于，自信地抬起脚，干脆而坚定地踏在了砖地上，与我一同进了家门……

LXXXIX
安东尼娅

　　小溪的流水愈发丰沛起来，它在夏日里的金色贴身华服——黄百合——已被冲得七零八散，正悲伤地向匆匆而过的水流一瓣一瓣地捐赠自己的美……

　　小安东尼娅穿着礼拜日的衣裳，要从哪儿才能越过溪水呢？我们摞起的石头都陷入了淤泥。小姑娘只能顺着岸边往上爬，一直爬到长满欧洲山杨的土墙那里，看从那儿可不可以过去……还是不行……所以，我殷勤地向她献上了小银。

　　一和她说，小安东尼娅马上羞红了脸，腮旁的红霞一直烧到了围绕她灰色目光的天真雀斑上。接着，倚着树的她忽然笑了起来……最后，她终于下定决心，把毛纱的粉色披肩扔在草地上，轻轻一助跑，猎兔狗般敏捷地跨上了小银，被红白条的绷线长袜环住的坚实双腿垂在两侧。

　　小银思索了一下，自信地一跃，稳稳落在了对岸。现在，在双颊绯红的小安东尼娅和我之间，已经隔了一条溪水。黑发姑娘笑得花枝乱颤，在她金银铃般的笑声中，小银像是被她轻踢了一下肚子似的，迈着碎步跑向了平地。

　　……空气里有百合和水的味道，有爱情的味道。仿佛一顶带刺玫瑰的冠冕，莎士比亚借克利奥帕特拉之口说出的诗句，围绕着我的思绪：

　　　　哦，幸福的马儿，能载着安东尼！①

　　"小银！"我最后朝它吼了一声，有些愤懑、暴躁、失仪……

---

　　① 原文为英语。

XC

一串被遗落的葡萄

绵延不断的十月的雨终于停了，在随后透散金光的晴日里，我们都去了葡萄园。小银背着驮筐，一侧载着午后餐点和女孩子们的草帽，为了平衡重量，另一侧则载着杏花般雪白粉嫩的小布兰卡。

焕然一新的田野真迷人啊！小溪中涨满了水，土地被软软地犁过，路旁的欧洲山杨仍用金黄装点着自己，已经能看见那些黑色的鸟儿了。

忽然，女孩子们一个接一个地跑过来，边跑边喊：

"一串葡萄！一串葡萄！"

在一株老葡萄树上，长长的藤条缠绕，仍挂着些洋红的、发黑的干叶子，掩映着被火辣辣的太阳点燃的一串晶莹、饱满的琥珀，明媚得如一位在生命之秋风韵犹存的美人。小姑娘们都想要那串葡萄！是维多利亚摘下它的，她把它护在背后。我请她把葡萄交给我，她怀着少女在面对一位男士时心甘情愿的温柔顺从，快乐地把它递给了我。

一串有五颗大葡萄。我给了维多利亚一颗，布兰卡一颗，洛拉一颗，佩帕①一颗——这些孩子呀！最后的一颗，在大家的笑声和一致的掌声中给了小银，它啊，一下子就用自己的大牙把葡萄给抢了过去。

---

① 这些孩子都是诗人的外甥女。

XCI
"海军上将"

你没能认识它。在你来之前，他们就把它带走了。我从它身上学到了什么是高贵。你看，写有它名字的木牌还在它曾经的饲槽上，里面还放着它的鞍、笼头和缰绳。

它第一次走进院子时，我简直是欣喜若狂！它从海滨沼泽为我带来了许多力量、生机和欢乐。它是那么美！每天清晨，我都会和它顺着溪流走下去，在海滨沼泽飞奔疾驰一阵儿。总有大群秃鼻乌鸦去打劫关停的磨坊，我们的脚步一到，它们便纷纷被惊起。随后，我们会顺着公路爬上去，踏着短促而坚实的步子，从新街进入镇子。

一个冬日的下午，圣胡安酒窖的杜邦先生来到了我家，手里还拿着他的鞭子。他往小厅的圆桌上放了一沓钞票，便和劳洛走向了后院畜棚。傍晚时分，仿佛在梦中一般，我看见杜邦先生把"海军上将"拴在他的两轮车上，从我的窗前走过，在雨中，顺着新街上了坡。

我不记得自己的心萎靡了多少天。他们不得不叫了医生来，给我喂了些溴化物和乙醚，还有些不知是什么的东西。后来，小银，能消抹一切的时间把它从我的思绪中拿走了，就像拿走洛德和小小姑娘一样。

是啊，小银。要是"海军上将"还在，你们会是多么好的朋友啊！

XCII
插 画

　　小银，在刚刚犁过的深色耕地上，一条条湿润而松软的沟壑平行地躺在那里，嫩绿的纤纤细芽又一次从萌动的种子里钻了出来，每日旅程已经缩得很短的太阳，在落山时，撒下了一条纤长的金色浅痕。怕冷的鸟儿聚成庞大的高空鸟群，向莫罗飞去。连最轻柔的几缕微风都能将挂在枝上的最后几片黄叶带走，只留下空荡荡的枝丫。

　　这季节在邀请我们审视自己的灵魂，小银。现在，我们将有另一位朋友：一本仔细挑选的、高贵的新书。在我们已打开的书籍面前，田野将展露出赤裸的自己，帮助我们走入向永恒绵延的孤独思想。

　　你看，小银，不到一个月前，这棵树仍郁郁葱葱、窸窸窣窣，庇佑着我们的午睡时光。现在的它孤独、矮小、枯干，瘦削的剪影映在匆匆斜阳热情却悲伤的黄色光芒上，唯有一只黑鸟在它的残叶间流连。

XCIII
鱼　鳞

小银，从阿塞尼亚街看去，摩格尔就像另一个小镇。从那里延伸开来的是海员们的街区。那里的人用另一种方式讲话，夹杂着海员的语汇，无所拘束的描绘里满是天花乱坠的景象。那里的男人衣着更考究，戴沉甸甸的链子，抽上好的雪茄和长长的烟斗。修车厂那些简单、朴素、干巴巴的汉子——比如拉波索，和里维拉街上的那些快乐、黝黑的金发男子——比如皮孔，你认识他的——真是截然不同！

圣弗朗西斯科教堂司事的女儿格拉娜迪娅就是克拉尔街那边的人。她一来我家就开始有声有色地闲聊，能把厨房震得嗡嗡响。来自福里塞塔、蒙杜里奥、奥尔诺斯的女仆们都会围着她痴痴地听故事。她会说起加的斯、塔里法、伊斯拉；聊到烟草走私、英国布、长筒丝袜、银子，还有金子……说完，她便会把纤瘦却凹凸有致的身体紧裹在黑纱巾里，踩着高跟鞋，扭着腰臀，嘎哒嘎哒地离开到别处去。

女仆们会留在那里继续讨论她五光十色的叙述。我看见蒙特马约尔正用手捂着左眼，逆光去瞧一条鱼的鳞片……我问她在做什么，她回答我说她在看加尔默罗圣母：在鱼鳞上面，虹彩之下，能看见披着刺绣礼袍、守护海员的加尔默罗圣母，她说是真的，因为是格拉娜迪娅告诉她的。

XCIV
毕尼托

"那个！……那个！……是那个！……真是比毕尼托还要傻！……"

我本来都快忘记谁是毕尼托了。可现在，小银，在这将红沙土围墙烧得比火更艳的秋日暖阳下，忽然之间，那孩子的声音让我仿佛看见了可怜的毕尼托，背着一捆发黑的葡萄藤，顺着坡道，朝我们走上来。

他出现在我的记忆中，随后又被消抹掉。我几乎已经记不起他了。在某一刻，我仿佛能看见他，干瘪、黝黑、敏捷，在他的丑陋肮脏里，有着他余下的美好。我越想看清他的形象，他的一切就越会溜掉，好像一个晨醒便忘却的梦，我也不知道自己回忆的究竟是不是他……也许他曾半裸着身子，在一个落雨的早晨从新街跑过，挨了许多孩子丢的石子儿；或者，在一个冬日的傍晚，低着头，艰难地沿着老墓园的土坯墙，回到风车旁他那个不需要付租金的洞穴，挨着那些死狗，挨着成堆的垃圾，和那些外乡来的乞丐在一起。

"那个人啊！……比毕尼托还傻！"

小银，我多希望曾和毕尼托说过哪怕一次话啊！听玛卡利娅说，很久之前，那可怜的人醉死在了卡斯蒂约那边科丽娅家旁的地沟里，那时我还和你现在一样，是个孩子，小银。但是，他真的傻吗？他究竟，究竟是什么样的呢？

小银，在我了解他是怎样的人之前，他就死了。你知道的，那孩子的母亲一定认得毕尼托，照他的说法，我是比毕尼托还要更傻的。

XCV
河

小银，你看，他们是怎样用矿场、坏心肠和暴虐无道把这条河逼入绝境的啊！傍晚时分，在紫色和黄色的沼泽间，它散落各处的一汪一汪红色河水几乎要接不住落日了，那水量只能勉强载得起玩具船。实在寒酸！

从前，酒贩的大船、单桅帆船、双桅帆船、三角帆船——"孤狼"号，"哀绿绮思"号，由可怜的金特罗掌舵的、属于我父亲的"圣卡耶塔诺"号，皮孔掌舵的、属于我叔叔的"星辰"号——的桅杆在圣胡安的天空中喜悦地相互交织着——那些高大的主桅总是让孩子们惊叹不已！船只开往马拉加、加的斯或是直布罗陀，满载的葡萄酒让船体深深地吃着水……帆船间有小船穿梭，它们的圆窗，守护圣人，被涂成绿色、蓝色、白色、黄色、洋红色的船只的名号……更为起伏的波涛多添了几分缤纷热闹。渔夫们往镇子运送着沙丁鱼、大牡蛎、欧洲鳗鲡、舌鳎鱼，还有螃蟹……后来，里奥汀多的铜给它们都染上了毒。小银，还好现在那些富人嫌恶心，都不吃了，穷人还能吃上那一丁点儿捞上来的东西……只是那些三角帆船、双桅帆船、单桅帆船都早已消失不见。

太悲哀了！甚至连耶稣基督都看不到潮汐的大浪了！那河只剩下一条疲弱的细流，宛如一个衣衫褴褛的干瘪乞丐的尸体所余留的一溜儿血迹，铁锈的颜色，与落日一样红。"星辰"号被撂在上面，已卸下了所有防备，黑黢黢的，烂在了那儿。它残缺不全的龙骨指向天空，仿佛一根鱼刺扎在它被烧焦的肥大身躯上。几个缉私队士兵的孩子在里面玩耍，像焦虑的思绪烦扰着我破落的心。

XCVI
石　榴

　　小银，这颗石榴可真美啊！是阿盖迪娅从蒙哈斯溪旁最好的收获里选出来送给我的。没有其他任何水果能像它一样，让我想到曾经滋养过它的水的清凉。它清新又结实，饱满得简直要裂开来了。我们一起把它吃掉吧？

　　小银，它的皮很难剥，像是紧抓土地的树根，透着苦涩，却又令人喜悦！覆在果皮上的石榴粒仿佛小小的红宝石，现在，它们连成的霞光带来了第一丝甜润。小银，我们这会儿看到的是内部的紧实果粒，健康完整，裹着薄纱，是可以吃的珍美紫水晶，坚实又多汁，仿佛哪位年轻王后的心。你看它多饱满啊，小银！喏，吃吧。真是美味啊！在一汪汪鲜红快乐的丰润滋味里，牙齿惬意地迷失了自己。等一下，我现在不能说话。此刻的味蕾，体会到了眼睛迷失在色彩跳跃的万花筒迷宫里的感觉。一下就吃光了！

　　我已经不种石榴了，小银。你没有见过弗洛雷斯街酒窖院里种的那一大片石榴树。那时，我们总是在下午过去……越过倒塌的土坯墙，能看到克拉尔街上一栋栋房屋的院子，它们各有各的美；还能望见田野和小河，能听见缉私队和希埃拉锻造车间的号角……那是一个崭新的发现，让我见识到了镇上自己不熟悉的街区里那日复一日的诗意。日落时，石榴树燃起红光，仿佛稀世珍宝，旁边阴凉里有一口井，爬满壁虎的无花果树的影像碎在井水里……

石榴，摩格尔之果，装点着我们的市镇徽章！面向暗红的夕阳开裂的石榴！石榴生长在蒙哈斯果园、佩拉尔驿道和萨巴列哥。那玫瑰色的天空停留在平静而幽深的溪谷中，正如停留在我的思绪上，直到夜幕完全降临。

XCVII
老 墓 园

小银，我是因为想让你和我一起进来，才把你塞到砌砖工的驴队里的，这样掘墓人便不会看见你。现在，已经清静了……咱们走吧……

你看，这里是圣何塞庭院。绿色的阴凉角落里，围栏已经倒下的是神父们的墓区……这一个刷过石灰的，是孩子们的院子，在西部天空的衬托下，在午后三点震颤的日光中，它看起来仿佛快要融化……唉，这里是"海军上将"的墓……这里是堂娜贝妮塔的……这里是埋穷人的……

麻雀在丝柏间钻进又钻出，你看它们有多快活！那边鼠尾草间的戴胜鸟，把巢搭在了一个壁龛中……你看，掘墓人的孩子们吃红猪油抹的面包，吃得好香啊……小银，你看那两只白色的蝴蝶……

这边是个新院子……等等……你听见了吗？铃声响了……是下午三点的车来了，要走公路去车站……这种松树，风车磨坊那边也有……这里葬着堂娜路特加尔达……这里葬着船长……这里葬着小阿尔弗莱多·拉莫斯，是我和我的弟弟、佩佩·萨恩斯，还有安东尼奥·里维罗一起抬着他的白色小棺材来的，那是一个春天的下午，当时我还是个孩子……嘘！……来自里奥汀多的火车从桥上过去了……走吧……这里葬的是可怜的卡门，患痨病的卡门，她曾经是那么美，小银……你看那朵阳光下的玫瑰……这里葬着小小姑娘，她曾经像一朵晚香玉，但却再也无法睁开她的黑眼睛……葬在这里的，小银，是我的父亲……

　　小银……

XCVIII
里皮亚尼

小银，靠边站，让学校的孩子们先走。

今天是礼拜四，你知道的，他们都到田野里来了。有时，里皮亚尼会带他们去看卡斯特亚诺神父，有时还会带他们去安古斯蒂亚斯的桥上，另些时候，则带他们去皮拉。看起来，里皮亚尼今天心情不错，你瞧，都把孩子们带到小教堂那里了。

有时，我想，可以请里皮亚尼"去掉你身上的人性"——你知道"去掉一个孩子身上的驴性"是什么意思的，那是我们镇长的说法。可我担心，如果把你交给他，会被饿死的。因为可怜的里皮亚尼会拿上帝做借口，说些"人人皆兄弟"或是"小孩子到我这里来"这样的话，再加一番他自己的解读，就让每个孩子都把自己的午后点心和他分享。他常领他们去下午的田野，这样的话，他一人就能吃掉十三个半份餐点。

你看大家多高兴啊！在辛辣而欢乐的十月午后，孩子们仿佛衣衫褴褛的巨大心脏，红彤彤的，跳跃着，浑身都散发着灼人的力量。里皮亚尼肥软的身体被紧紧裹在波利亚从前穿的肉

179

桂色格子西装里，晃晃悠悠地走着，他正想着过会儿将在松林下享用的美餐，花白络腮胡里都藏满了笑意……他一踏过去，田野便会震动起来，仿佛一大块彩色的金属，或是钟楼上的大钟：夕祷已经结束，它却仿佛一只绿色巨蜂，仍在镇子上空，在它眺望大海的金色钟楼上，嗡嗡地响着。

XCIX
卡斯蒂约

今天下午的天空真美，小银，秋日的阳光透着金属色泽，仿佛一把明净的黄金宽剑。我很喜欢来这里，因为在这寂寥的坡道上可以好好看日落，没人来打扰我们，我们也不会惊扰到别人……

这里只有一栋白蓝相间的房子，坐落在酒窖和被二行芥、荨麻环绕的污脏围墙之间，可以说没有人住在里面。不过，科丽娅和她女儿都会在这儿夜会情人，尽享欢愉。母女二人容貌姣好，皮肤白皙，十分相像，总是身着黑衣。这条水沟就是毕尼托死去的地方，他死后两天才被人发现。这里呢，是炮兵来时放置大炮的地方。你见过的堂伊格纳西奥，有时也会经过这里，自信满满地运着他走私来的烈酒。还有，从安古斯蒂亚斯来的公牛也会从这里进入镇子，现在连小孩子都不来这里了。

……你看，透过水沟上的桥洞望过去，是破落的红色葡萄园，能看见砖石砌的炉灶，还有尽头紫罗兰色的河流。你看，那些海滨沼泽，都孤零零的。你看，暗红的落日，那么大，仿佛一位现身了的神明，引得一切都为之陶醉，最后，在世界献给它的绝对静默中，终于沉入了韦尔瓦后方的海平线。我说的世界，就是摩格尔，它的原野，你和我，小银。

C

老斗牛场

小银，不知怎么，我脑中又一次闪过了那个场景：老斗牛场在一个下午着火了……就在……在它着火的那个下午，我不知道到底是什么时候的事了……

我也不知道以前它里面是什么样子的……我有个印象，觉得自己曾经看见——或者是在玛诺利托·弗洛雷兹给我的巧克力里的哪张画片上看见的？——几只灰色的扁鼻狗，小小的，仿佛几个实心的橡胶块，被一头黑色公牛顶上了天……无比寂寥的圆场地里长满了高高的绿草……我只知道，它从外面看，我是说，从上面看，是什么样子的，不过那个部分并不是场地本身……场里没有人，我绕着松木看台的台阶奔跑，幻想自己正跑在画片上那种真正的好斗牛场里，一阶一阶，越跑越高；在大雨压下来的晦暗中，一片遥远的风景永远地印入了我的灵魂，那是一种郁郁葱葱的黑色，在大朵大朵乌云的阴影中，我是说，在它的冰冷中，地平线上的松林剪影，被海面上游移的、孤独而微弱的白光衬得愈发明晰……

没有别的什么了……我在那里待了多久？谁把我带出来的？是什么时候的事呢？我不知道，也没有任何人告诉过我。小银，但是每当我谈起它，所有人都会回答：

"是啊，卡斯蒂约的斗牛场被烧了……所以那时候有斗牛士来摩格尔。"

CI

回 音

这地方实在太过空寂，总像是有人在似的。猎人从山里归来，路过这里，会迈着大步，爬上土墙去眺望远方。人们说，从前土匪帕拉雷斯在这一片劫掠时，也会在这儿过夜……红色的巨石倚在东方，有时，上面会出现离群的山羊，剪影正好落在傍晚的黄色月亮上。绿荫间有一片只在八月干涸的水洼，盛满了黄、绿、粉色的天空碎片，孩子们想砸青蛙，又想在一阵扑通声中激起带漩涡的水花，所以从高处扔下许多石子，都快把原本明眸般的水面填满了。

……回去的路上，我让小银停在了草地旁，挡着入口的角豆树挂满了长刀般的干豆荚，黑乎乎的一片。我把手掌环在嘴边，冲巨石喊道："小银！"

巨石的应答原本干巴巴的，被近处的水润了润，捎上了一丝甜意，它也喊道："小银！"

小银立刻回过头来，它有力地挺起脑袋，要起跑似的，打了个抖。

"小银！"我又朝巨石喊了一遍。

巨石也再次喊道："小银！"

小银看了看我，又看了看巨石，咧开嘴唇，朝天空发出了无止境的嘶鸣。

巨石也在暗中和它一起拖长声音发出了驴叫，那叫声和小银的叫声平行，伸向了更远的尽头。

小银又一次叫起来。

巨石又一次叫起来。

于是，小银怀着笨拙、不安的固执，蜷在恐惧里，一会儿原地打转，一会儿用额头在地上蹭，想弄坏笼头逃走，把我一个人丢在那里。我低声安抚了它许久，慢慢地，在一丛丛仙人掌间，它才平静下来，叫声也留在了它自己的叫声里，再无回音相伴。

CII

惊 吓

那是某天孩子们的晚餐。吊灯洒下梦一般的粉色柔光，落在雪白的桌布上，红色的天竺葵和鲜艳的苹果，用一种强烈而粗糙的快乐方式，为纯真面庞的质朴田园诗涂上了明丽色彩。小姑娘们都像女人一样吃饭，男孩子们则像某些男人一样争吵。在房间深处，年轻貌美的金发母亲一面袒露洁白的胸脯为宝宝喂奶，一面微笑地看着孩子们。透过花园的窗子，能看见外面清凛的星夜正在颤抖。

忽然，布兰卡溜走了，仿佛一道微弱的光线，钻进了母亲的怀里。一段突如其来的沉默过后，餐椅开始咣当当地七倒八歪，大家都在喧闹的骚乱中藏到了母亲身后，一个个惊恐地朝窗户看去。

是小银这个傻瓜！它正倚在窗上。因为影子、玻璃和孩子们的恐惧，它白色的脑袋成了慑人的庞然大物。其实，它只不过在安静而悲伤地望着柔光弥漫的温馨饭厅而已。

CIII

旧 泉

常绿的松林里，它总是洁白的；粉色或蓝色的黎明中，它是洁白的；金色或锦葵色的午后，它是洁白的；绿色或蓝色的夜晚，它还是洁白的。小银，你曾那么多次见我在那口旧泉旁停留那么久，它仿佛一串密匙，或一座坟墓，将世上所有的挽歌，也就是世上所有关于真实生命的感受，都锁在了它的体内。

在它身上，我看见了帕特农神庙、金字塔，还有所有的大教堂。每当一口泉、一座纪念堂、一条门廊用带着恒久的坚忍向我展示它们的美，我都会在半梦半醒间将它们的形象换成这口旧泉的样子。

我曾从它出发，行至一切。又从一切，归返于它。它以这种方式，留在原处，以这和谐的质朴令自己永恒，它的颜色与光芒完全属于它自己，几乎可以用手将它们捧起，就像捧起它的水，捧起生命的完整长河。勃克林 [1] 曾将它展现在描绘希腊

---

[1]　阿诺德·勃克林（1827—1901），瑞士象征主义画家。

的画作中，路易斯修士① 曾将它译成文字，贝多芬曾用欢喜的泪水将它填满，米开朗琪罗曾将它赠予罗丹。

它是摇篮，是婚礼；是歌曲，是十四行诗；是现实，是快乐；也是死亡。

它死在了那里，小银，今晚，它仿佛一具大理石肉体，已然在窸窸窣窣的柔软绿意间逝去了。它死了，我的永恒之水正从我的灵魂向外漫溢。

---

① 路易斯修士（1527—1591），即路易斯·德·莱昂，西班牙诗人、翻译家。

CIV

路

　　小银，昨晚落了多少树叶啊！树木都像是颠倒过来了似的，树冠在地，根须在天，仿佛焦渴地要在空中扎根。你看那棵欧洲山杨，它很像马戏团的杂技演员露西娅：一头火红的长发垂在地毯上，纤细而美丽的双腿高高举起，被灰色的长筒网袜衬得更加修长。

　　小银，现在，鸟儿们会从赤裸的枝丫上、零落的金色树叶间看我们，就像春天时，我们在绿叶间看它们一样。从前树上的叶片唱的温柔歌曲，如今已变成了树下贴在地面的枯干祷告！

　　这原野，都被枯叶填满了，小银，你看见了吗？不过我们下礼拜日回到这里时，就一片都看不到了。我不知道它们会在哪里死去。在春日的爱意里，鸟儿一定曾告诉它们这隐蔽的凄美死亡的秘密，小银，这秘密是你我无论如何都不能得知的……

CV
松 子

穿过新街的阳光，卖松子的小姑娘走来了。生的和烤过的松子她都有。小银，我要给你和我买一毛钱烤熟的。

十一月往金色和蓝色的晴日里塞入了冬夏两个季节。阳光灼人，静脉肿起来，像水蛭，圆鼓鼓的，透着蓝……安静、整洁的白色街道上，有拉曼查来的卖布小贩，肩上背着灰色的大包袱；有卢塞纳来的金属小贩，身上背着明黄的光芒——那些零件一边叮当作响一边收集阳光……阿莱纳来的小姑娘，被双耳筐压弯了腰，靠墙慢慢走着，用炭块在石灰墙上画出了一条长长的道子，真挚的叫卖声也拉得好长："卖……烤……松子嘞！……"

恋人们聚在门边吃松子。他们怀着燃烧的笑意，为对方精挑细选，剥掉果壳，相互喂送着。上学路上的孩子们，走走停停，在门槛上用石头砸着松子……记得我还是孩子时，总会在冬日下午，和大家一起去阿罗约斯的马里亚诺橙园。大家会拿手帕裹一包烤松子带过去，我最喜欢的部分就是攥着那把撬松子的小刀：它是鱼形的，有珍珠母的刀柄，嵌着两颗红宝石作为鱼的眼睛，从那双眼睛里，可以看见埃菲尔铁塔……

小银，烤松子带给味蕾的享受真是无与伦比！它会赠人活力，予人乐观！在寒冷的季节里，它会让我感到踏实，感到自己变成了不朽的雕塑，走起路来飒飒作响，连冬日的厚衣裳都失去了重量，小银，我甚至感觉自己可以去和搬运工莱昂或是管马车的小伙子曼吉托掰个手腕儿……

CVI
逃跑的公牛

小银和我到橙园时，日中花上仍覆着晨霜，为还暗着的溪谷铺上了一层白。太阳还没给明亮无色的天空带去金色的光晕，长满栎树丛的小丘上只薄薄涂了一层金雀儿花的黄。不时有一种拉得长长的宽阔而柔软的声响引我抬眼去看。是回橄榄林的椋鸟，一大群一大群的，不断变换着完美的队形……

我拍拍手……回声……玛努埃尔！……没有人……忽然，一阵急促而浑厚的响声……一种预感填满了怦怦跳动的心脏。我和小银一起躲进了老无花果树的枝叶间。

它在那儿呢！一头哞哞叫的红色公牛，四处嗅着，任性地摧毁着所见之物，仿佛它是这清晨的主宰。它在山丘上停了片刻，随即用短促、可怖、直冲天际的哀号填满了溪谷。无所畏惧的椋鸟继续从瑰红的天空经过，它们飞行的声响淹没在了我的心跳声中。

太阳已经探出了头，把被扬起的尘土染成了铜色，公牛穿过一株株龙舌兰，下坡来到井边。它饮了一阵水，随后，又傲慢地朝坡上走去，仿佛一位气盖原野的勇士，牛角上还挂着葡萄藤，它爬上了山，终于消失在我贪婪的目光和炫目的金黄朝霞间。

CVII
十一月的田园诗

傍晚时分，小银驮着温柔的松木柴从林间回来，身子几乎全埋在了那低垂的大捆绿色里。它的步伐细小、紧凑，仿佛马戏团走钢丝的年轻女孩迈出的步子，秀气又顽皮……像是没有在走似的。它竖着耳朵，像极了驮着自己房子的蜗牛。

从前挺立在树上时，那条条绿枝曾拥有阳光、金丝雀、风、月光、乌鸦——太可怕了！它们曾经在那儿待过，小银！——现如今，它们凄惨地耷下来，一直垂到了傍晚枯干的小路上，抚着白色的尘土。

一种凉凉的锦葵色的温柔把一切都圈入了光环。在即将进入十二月的田野上，负重小驴那柔缓的谦卑，同去年的此时一样，开始散发出神性的光芒……

CVIII
白 母 马

　　我很伤心，小银……因为，我回来时走的是弗洛雷斯街，在靠近波尔塔达街、闪电劈死那对双胞胎小兄弟的地方，看见"聋子"的白母马死在了那里。当时，几个近乎赤裸的小姑娘正沉默地围着它。

　　裁缝布莉塔从那儿经过，告诉我"聋子"今天一大早就把马带到了一个偏僻的地方，想让它在那儿自生自灭，因为他已经烦了，不想再喂它了。你知道的，可怜的它已经太过衰老，简直和堂胡里安一样老，一样笨拙。它看不见，也听不着，连路都走不动了……但中午时，它又出现在了主人的大门口。他气急败坏地抄起一根棍子去抽它，要把它撵走。可它不走。于是他就拿镰刀砍了它。人们都凑过去看热闹。在咒骂和嘲笑中，母马离开了，一瘸一拐、踉踉跄跄地朝坡上走去。小孩子们追着它，朝它丢石子，冲它嚷嚷……最后，它倒在地上，终于被他们杀死了。有同情的心绪在它的身上轻轻盘旋。"让它安息吧！"仿佛你和我在那里一样。小银，它就像狂风中央的

196

一只蝴蝶。

　　我看见它时，它已冰冷得如身旁的石子。它有一只眼睛完全睁着，就是它生前看不见的那只眼，现在它死了，倒像是在看着什么。它的白色，是那条黑暗街道留存下的光明，它的上方是傍晚的清凛天空，高高的，布满了玫瑰色的轻薄至极的小小云卷……

CIX

闹 婚 [①]

他们玩得可真开心啊，小银。堂娜卡米拉身着粉白相间的礼服，手执挂图和教鞭，正给一头小猪上课。萨塔纳斯一只手抓着一个葡萄酒已喝光的酒囊，另一只手正从对方的腰包掏出一袋钱来。我想是"小公鸡佩佩"和不知从我家拿了多少旧衣裳的"信史孔恰"给这些人偶做的造型吧。走在最前面的是"画中人"佩皮托，他穿着神父服饰，身骑黑驴，手执旗帜。后面跟着的是恩梅迪奥街、富恩特街、卡雷特利亚街埃斯克里瓦诺斯小广场、佩德罗·特约巷的所有孩子，他们在满月下的街道上，敲着罐头瓶、小铃铛、炒锅、研钵、牛羊铃、双耳锅，敲出了一团富有节奏的和谐。

你知道，堂娜卡米拉是第三次做寡妇了，她已年满六十，

[①] 闹婚，旧时西班牙部分地区风俗。人们会敲锣打鼓，让夫妇双方或其相应人偶游行并演出滑稽剧，以群嘲的荒谬形式，庆祝非初婚的婚礼。

同样，萨塔纳斯是个鳏夫，不过他只丧偶了一次，算来已享用过七十次葡萄收获后的初榨美酒了。今晚，真不知道在那上了锁的房子里，站在玻璃窗后的他会怎么听、怎么看那被人偶演出、被谣曲唱出的他和他新婚妻子的故事哟！

小银，这庆祝要持续三天呢。小广场的祭坛前，夫妻俩的人像鲜亮，醉汉们手舞足蹈。三天过后，女邻居们就会逐渐到那里把自己的东西拿回家去。孩子们的敲打还要多持续几个晚上。最后剩下的，就只有满月和谣曲了……

CX
吉卜赛人

你看她，小银，正从街道高处顺坡而下，在铜色的阳光里，昂首挺胸，衣衫单薄，谁都不瞧……她还保有昔日的美，仿佛栎树木雕似的，俊秀潇洒，在冬日里，只穿一条缀满白色斑点的蓝色荷叶边长裙，腰间系一条黄色纱巾。她要去镇政府申请在公墓后面的空地扎帐篷。你还记得吉卜赛人的那些破烂帐篷吧，旁边燃着篝火，聚着明艳夺目的女子，他们垂死的驴子，在周围一点一点噬咬着死亡。

那些驴子啊，小银！感觉到吉卜赛人要来，福里塞塔的驴子们肯定已经在下面的畜棚里瑟瑟发抖了。不过我倒不替小银担心，因为，要想到它的畜棚来，他们得跨越大半个镇子，况且，看门人伦赫尔很喜欢我，也很喜欢小银。不过，我还是想唬它一下，于是扯着气音，带着幽森的语气地对它说：

"快进去，小银，快进去！我要关栅门了，他们要来抓你了！"

小银确信吉卜赛人不会把它偷走，踏着小碎步走进了栅门，门在它身后撞上，发出了铁和玻璃的刚硬声响。它从大理石庭院蹦蹦跳跳地跑进了满是鲜花的院子，随后又钻进了畜棚，仿佛一支箭，在它短暂的逃亡中，冲破了——真是鲁莽哦！——缀满蓝色花朵的藤蔓。

CXI
火 焰

　　再靠近些，小银。过来……在这儿不用客气。房主在你身旁很开心，他也是你的朋友嘛。还有他的狗，阿利，你知道的，它也很喜欢你。我呢，就更不用说了，小银……现在橙园里得多冷啊！你听见拉波索喊了吧：上帝啊，今儿晚上可别冻坏太多橙子啊！

　　你不喜欢火吗，小银？我觉得没有任何女子的胴体能和火焰相比。怎样飘逸的头发、怎样的手臂和腿脚才能和这火红的赤裸相媲美呢？也许，火是大自然最好的展示。房子门窗紧闭，夜晚被关在外面，孤零零的。然而，小银，面对这燃烧的洞窟，我们却比原野本身要更贴近自然！火就是屋内的宇宙。鲜艳且无止境，仿佛身体伤口流出的血，用它的全部记忆让我们温暖，予我们铁的滋养。

　　小银，火真美啊！你看阿利，靠得那么近，几乎要把自己点着了似的，圆睁着灵动的双眼望着它。真快乐啊！我们被裹在了黄金与暗影的舞蹈中。整个房子就像俄国人在跳舞，忽小

202

忽大，忽高忽低的。一切形状都来自它，生出无穷尽的奥妙：枝叶与鸟儿，雄狮与水流，山峦与玫瑰。你看，不经意地，我们自己也在墙壁、地面、天花板上跳起了舞。

这是何等的疯狂、迷醉、荣耀啊！小银，在这里，连爱都与死亡相似。

CXII
疗　养

　　我在疗养院的房间铺有地毯和挂毯，绵绵软软的，屋里亮着微弱的黄光，能听见外面街道上，轻盈的小驴们和嬉笑吵闹的孩子们从田野里回来，仿佛一个混着星辰夜露的梦。

　　能依稀看见驴子们深色的大脑袋和孩子们秀气的小脑袋，他们在驴叫声中，用水晶白银般清脆的声音，唱着圣诞歌谣。整个镇子都被包裹在烤栗子的湿气、畜棚的蒸汽，还有平安的家园的呵气里……

　　我的灵魂淌出来，像是从内心阴影的巨石中涌出的天蓝水流，有净化的力量。救赎的傍晚！私密、寒凉却又温和的时刻，透着无尽的澄明。

　　钟声在上面、外面的星辰之间反复敲响。受到感染的小银在畜棚里嘶鸣起来，在这天空十分切近的时刻，那叫声听起来却十分遥远……我很虚弱、感动和孤独，像浮士德一样哭了起来。

CXIII
年迈的驴子

> ……它身心俱疲累
>
> 举步迷失颓废……
>
> 《洛斯维雷斯镇长的灰马》
>
> 《谣曲集》①

我不知该怎么离开这里，小银，是谁把可怜的它丢下的？
无人照看，无所依靠。

---

① 西班牙谣曲为一种八音节叙事诗歌形式，最早流传于民间，由吟
游诗人传唱，在后世收录成册时，被统称为"旧谣曲"；由十六、
十七世纪正统诗人以谣曲形式创作的诗在被收录成册时，则被
统称为"新谣曲"。历史上曾有数部《谣曲集》出版，其中第一
部于1600年在马德里面世。本文所引诗句涉及的"老灰马"题
材，曾出现在数十首谣曲中。西班牙黄金世纪文豪塞万提斯、贡
戈拉、洛佩·德·维加等都曾创作过该题材仿写作品或以之为灵
感的作品。

它应该是从那片荒地回来的。我想它应该既看不见我们的身影，也听不见我们的动静。今早你在那同段土墙上见过它的，在白云下，它枯干、忧郁的凄惨身躯被明丽的阳光照亮，上面却满是苍蝇聚成的移动岛屿，与冬日奇妙的美毫无关系。它慢慢转着身，像是失去了方向感，每条腿都瘸着，又回到原地。它所做的只是转了半个圈。今天早上冲着西边，现在则向着东边。

小银，衰老真是一种羁绊啊。你那位可怜的朋友在那里，它已经自由了，但却仍留在原地，等春天徒然地到来。或者，它像贝克尔[1]一样，已经死去了，却依然屹立。一个孩子都能画出它衬在傍晚天幕上的僵固的轮廓。

你也看到了……我想推它一把，它却没动……对叫声也毫无反应……仿佛弥留之际的痛苦已让它往土里扎了根……

小银，今晚，它就会在这高高的土墙上，在北方来的寒冷中冻死的……我不知道该怎么离开这里，不知道自己能做些什么，小银……

---

[1] 古斯塔沃·阿道夫·贝克尔（1836—1870），西班牙浪漫主义诗人、短篇小说家。

CXIV

拂 晓

在冬日慢吞吞的清晨里，当警觉的公鸡瞥见拂晓最初的几道霞光并殷勤地送去问候时，睡腻了的小银便会发出长长的嘶鸣。它在远处的苏醒，乘着钻入卧室窗缝的天蓝光芒，捎来了无尽的温柔。同样期盼白天到来的我，在松软的床上想着太阳。

我也在想可怜的小银。如果它没有落入我这个诗人的手中，而是做了烧炭工的驴，会有怎样的生活呢？要知道，天还没亮，他们就会踏着覆满生硬白霜的孤独道路，上山去砍松木；又或者，如果它做了衣衫褴褛的吉卜赛人的驴，会有怎样的命运呢？要知道，他们会为驴子上色，喂它们砒霜，还会给它们的耳朵钉上回形铁针，免得它们垂下来。

小银又叫了起来。它会知道我在想它吗？不过，这有什么重要的呢？在清晨的温柔中，关于它的记忆就像拂晓本身一样令人愉悦。感谢上帝，它有一个温暖柔软的畜棚，仿佛一个摇篮，舒适亲切，正如我对它的思念。

CXV
小 花

献给我的母亲

外婆特蕾莎去世时，母亲告诉我，她在弥留之际一直在念叨一些花。小银，不知什么缘故，我把它们和自己儿时梦中会出现的彩色小星星联系在了一起。每次回想起来，都觉得外婆在弥留时说的那些花就是马鞭草，粉色的、蓝色的、紫色的马鞭草。

我总是透过庭院栅门的彩色玻璃去看蓝色或暗红的月亮和太阳，记忆中的外婆特蕾莎也都是透过那玻璃看到的，她总是费劲地弯着腰去照料那些天蓝花盆或白色花圃里的花草。那画面就那样停在了八月午后的阳光中或九月风暴的雨水里，从未翻过面来，因为我已记不得她的模样了。

母亲说，外婆在弥留之际一直唤着一位看不见的园丁的名字，小银。她叫的那个人，一定温柔地带她走过了马鞭草和其他花朵簇拥的小路。她顺着那条路，穿过记忆，回到了我身

208

旁。哪怕一切都只存在于我的心中，我也一直都是按照她会喜欢的方式，把她守护在我最亲切的思绪里的。她仿佛走在自己曾穿过的丝绸衣衫上，绸面上撒满了与园中天芥草十分相似的紫色小花，也铺满了我儿时夜晚转瞬即逝的点点微光。

CXVI
圣诞节

　　田野上的火堆！……现在是平安夜的下午，生冷的天空中，虚弱的太阳几乎已发不出光亮，没有云，一切都是灰的，而不是蓝的，只在西边的地平线上有一抹模糊的黄……忽然，开始燃烧的绿枝发出了一声尖厉脆响。接着，生出了一团密实的烟，像白鼬一样白。最后出现的是火苗，它烧净了烟，在空中布下了数根转瞬即逝的纯净火舌，像是在舔舐空气。

　　哦，风中的火苗！粉色、黄色、锦葵色、蓝色的精灵，它们像是钻入了一片低垂的秘密天空，不知消失在了哪里。它们在寒冷中留下了火炭的味道！和暖的十二月的原野！温柔的冬日！幸福人的平安夜！

　　近处的岩蔷薇已经熔化。热空气后面的风景颤抖着，自我净化着，仿佛流动的玻璃。佃户的孩子们没有耶稣降生场景的模型，可怜的他们悲伤地跑到火堆周围来烤冻僵的小手，还不忘往火里丢些橡果、栗子，一投进去，瞬间就发出枪响般的爆裂声。

他们后来高兴起来，从被夜晚渐渐烧红的炭火上跳来跳去，还唱着歌谣：

> ……走呀，马利亚，
>
> 走呀，约瑟……

我把小银带过来，交给了他们，让他们和它一起玩耍。

CXVII
里维拉街

小银，我就出生在这栋大宅里，现如今它已是宪警的营房了。这个略显寒酸的穆德哈尔风格的阳台是加尔菲亚大师设计的，有无数彩色玻璃做的星星，小时候我觉得它华美至极，简直喜欢得不得了。小银，你往栅门里看，雪白、淡紫的丁香，还有蓝色的牵牛花仍旧倚在庭院深处，装点着旧得发黑的木格栅。那真是我幼年岁月里的一片美好。

小银，一到下午，海员们就会聚在弗洛雷斯街的这个街角，他们身着蓝色各异的毛呢制服，布料上的一道道条纹像极了十月的耕地。记得那时的他们对我来说就像巨人。海员们因海上的习惯，总会叉开腿站，从他们的两腿间可以看到下方的河流，一条条闪光的河道与枯黄的草滩平行躺在那里。一叶扁舟在另一条支流上缓缓前行，西部的天空有大片大片浓丽的鲜红霞彩……后来，我父亲把家搬到了新街上，因为海员们手里总是攥着折刀，因为孩子们每晚都会跑去砸坏门厅的灯和门铃，也因为街角那里的风总是很大……

从瞭望台可以看见海。一个晚上，我们这些小孩子都被带了上去，哆哆嗦嗦却也怀着热望地去看那艘在沙滩上熊熊燃烧的英国轮船，在我的记忆中，那一晚永远都不会被抹掉……

CXVIII
冬 日

　　上帝在他的水晶宫里。我想说的是，正在下雨，小银，在下雨。被秋天固执地留在萎靡枝头的最后几朵花，都载着钻石。每一颗钻石中，都有一片天空、一座水晶宫、一位上帝。你看这朵玫瑰，它拥抱着另一朵水做的玫瑰，抖一抖它，你看见了吗？那朵新的澄亮的花便会落下去，仿佛丢掉了灵魂，和我一样，消沉、忧郁起来。

　　雨水应该和太阳一样能让人快乐。不然的话，那些孩子怎能光着红彤彤的小粗腿，在雨里这样幸福地奔跑呢。你看那些麻雀，突然聚在一起，闹哄哄地钻进常春藤，小银，就像你的医生达尔庞说的那样，钻进了它们的学校里。

　　下雨了。今天我们不去田野，只欣赏就可以了。你看，雨水是怎样流过屋顶瓦片的凹槽；你看，金合欢是怎样洗得一身清亮，虽然大部分叶片都已变得焦黑，但却仍留着几抹金黄；你看，昨日泊在草滩的孩子们的小船，今天终于得以重新起航。你看，在现在这短暂和微弱的阳光里，从教堂延伸出来的彩虹是那样美，只是它一落到我们身旁，便在模糊的虹彩中消逝了。

CXIX

驴 奶

在十二月清晨的寂寥里，人们走得更快了，还不时地咳嗽。大风把镇子另一侧弥撒的钟声吹得摇摇晃晃。七点的车空驶过去……我又一次被窗户铁栓的震动声吵醒了……难道瞎子和往年一样，又把他的母驴绑起来了吗？

卖奶的妇人们把奶罐抱在小腹前，匆匆爬上爬下，在寒冷中叫卖着她们的白色珍宝。瞎子的母驴奶是为易患感冒的人挤的。

毫无疑问，瞎子因为是瞎子，所以看不见他的母驴每一刻、每一日所经历的恶化。一整头驴就仿佛它主人的一只瞎了的眼。一天下午，我和小银一起经过阿尼玛斯溪谷时，看见瞎子正左一棍、右一棍地追打他可怜的母驴，它在牧草上跑着，几乎已经要坐在湿润的草地上了。那棍棒落在橙树上、水车上、空气里，但比它们更激烈的，却是他的咒骂，若是那言语能凝成实体，定能摧毁卡斯蒂约的炮垒……可怜的老母驴已

215

不愿再受孕，为了捍卫自己的命运，便仿照俄南[1]，将某头公驴发泄后赠予它的礼物排洒在了贫瘠的土地上……瞎子在自己黑暗的生命里，会为了一夸尔托[2]的钱或为了一个承诺，就把小驴们仅有的两指母奶卖给别人。他要让母驴重新拥有生育的能力，因为那是医他自己的良药的来源。

母驴就在那儿，在铁栓上磨蹭着自己的不幸。它仿佛一家衰戚的药房，还得为了那些老烟鬼、醉汉、痨病病人再营一年的业。

---

① 见《圣经·创世记》第38章，犹大为长子珥娶妻，名叫他玛。而珥在耶和华眼中为恶，耶和华就叫他死了。犹大要求俄南与哥哥的妻子同房，为哥哥生子立后。俄南知道生子不归自己，所以同房的时候便遗在地，免得给他哥哥留后。俄南所做的在耶和华眼中也为恶，耶和华就叫他死了。

② 夸尔托，西班牙古铜币。

CXX
纯净的夜

有雉堞的白色屋顶在深蓝、冰冷、繁星密布的快乐天空中，生硬地剪下了自己的边缘。静静的北风带着它清澈的锐利，用力抚摸着一切。

所有人都觉得冷，他们躲在房子里，门窗紧闭。小银，我们俩呢，你有你的皮毛，又披着我的毯子，我则带着我的灵魂，我们要慢慢走过这干净、寂寥的镇子。

内心有一种力量让我挺立起来，仿佛自己是一座有白银尖顶的凝灰岩塔！你看，有那么多的星星！多到让人晕眩。也许可以说，天空是一个孩子的世界，正捧着发光的念珠，怀着最理想的爱，为大地祈祷。

小银，小银！为这孤独、清冽、生冷的一月夜晚的纯净，我愿意献出自己的全部生命，我真希望你也同样愿意。

CXXI
欧芹王冠

看谁先到!

奖品是一本从维也纳寄来的插画集,是我前一晚才收到的。

"看谁先跑到紫罗兰那里!……一……二……三!"

女孩子们飞快地冲了出去,在黄色的阳光里,化作一团喧闹的洁白与粉红。她们默默鼓足劲儿的胸膛划破了清晨的寂静,就在那时,传来了小镇钟楼悠缓的报时钟声,听见了一只叽喳柳莺在满是蓝色百合的松林小丘上的细碎啁啾,听见了延伸过来的渠中的水流……孩子们跑到了第一棵橙树旁,小银本来正在那儿悠闲地偷懒,却也被游戏气氛感染了,加入了女孩子们的疯跑。她们怕输,所以也顾不上抗议,连笑都来不及……

我冲她们喊:"小银必胜!小银必胜!"

没错,小银真的比任何人都先跑到了紫罗兰边,它停在那儿,在沙地上打起了滚。

女孩子们一回来就气喘吁吁地抗议起来，她们往上提着长袜，整理着头发："这不算数！这不算数！不行！不行呀！"

我对她们说，小银的确赢了赛跑，应该给它个奖励。不过呢，它不会读书，所以那本插画集就留作她们下次赛跑的奖品，但需要给小银一个奖。

她们保住了插画集，便跳起来，一边跳一边笑，小脸都涨得通红："好哇！好哇！好哇！"

那时，我想到了自己，觉得小银已经在自己的努力奔跑中得到了最好的奖励，就像我已在诗句中获得了最好的收获。我从女主人门前的木盒里捡了些欧芹，做了一顶王冠，把它戴在了小银头上，那是短暂却至高无上的荣誉，就像一顶希腊人的桂冠。

CXXII

东方三博士 ①

今晚孩子们都太高兴了，小银！想哄他们上床睡觉是不可能的。最后，困意终于渐渐放倒了他们，一个陷进扶手椅，一个躺在壁炉旁的地上，布兰卡靠在一把矮椅子里，佩佩卧在窗前石台，头顶着插销，免得三博士从那儿偷偷溜走。现在，在日常生活之外的世界深处，所有人的梦就像一个巨大的心脏，充实而健康，涌着活力与魔力。

晚饭前，我和大家一起上了楼。楼梯上热闹极了，换作其他晚上，大家都觉得那儿瘆得慌。"我不怕院子的玻璃顶，佩佩，你呢？"布兰卡说着，紧紧攥着我的手。后来，我们把所有人的鞋都放在了阳台的香橼间。现在，小银，我们得化装去了，蒙特马约尔、小姨、玛丽亚·特雷莎、洛丽亚、佩里科，

---

① 东方三博士，又称东方三圣王、三贤士。据《圣经·马太福音》第二章，在耶稣基督降生时，东方几位博士看见他的星，便前去拜他。天主教将1月6日定为三王节（主显节），包括西班牙在内的部分天主教国家的家庭会在每年这一天为小孩子准备节日礼物。

还有你和我都要去，我们要披上床单、床罩，还要戴上旧时的草帽。十二点时，我们要装扮好，打着灯，敲着研钵，吹着小号和放在最里面那间房里的海螺，从孩子们窗前走过。你和我一起打头阵，我要扮成加斯帕尔，粘上麻布做的白胡子，你呢，则要在身前挂一面我从做领事的叔叔家拿来的哥伦比亚国旗……孩子们会一下子醒过来，但吃惊的眼里仍会挂着丝丝残梦，他们会穿着睡袍凑到玻璃窗前，着迷地、颤抖着往外瞧。随后，我们会在整个黎明和清晨继续出现在他们的梦里，更晚些时候，当澄明的蓝天透过气窗耀到他们的眼时，孩子们便会不顾衣衫不整，立刻跑到楼上，去阳台做那所有宝物的主人。

去年我们玩得是那么开心。你一会儿就知道今晚会多有意思了，小银，我的小骆驼！

CXXIII

金　山 [1]

今天，我们去蒙杜里奥。那些红色的山丘，因为沙贩子的挖掘，就要日复一日地贫瘠下去了。因为从海上看它，像是金子做的，所以罗马人才这样给它命名，高大又闪亮。若要去风车磨坊那边，从这里走，要比从墓园那里近一些。到处都有废墟露出来，在这儿的葡萄园中，挖掘人总是能挖出白骨、钱币和大瓮。

……哥伦布并没有给我带来多少好处，小银。他是不是在我家停留过，是不是在圣克拉拉修道院礼拜堂领过圣餐，这棵棕榈树或那座客栈是不是他那个时代的遗存……这些事也就这样了，并不会有多稀罕，你也知道他从美洲给我们带来的那两样礼物[2]。我所喜欢去感受的、埋在脚下如粗壮根茎的，是罗马人，他们曾筑起这座混凝土城堡，任何尖镐或猛击都无法摧毁

---

① 原文为拉丁语。

② 在几版未出版的文本中，诗人曾写出那"两样礼物"为烟草和梅毒。

的城堡，甚至连白鹳造型的风向标都插不进去，小银……

我永远都不会忘记自己得知它名字的那一天，那时我还很小。它叫"金山"。于是在我心里，蒙杜里奥瞬间高贵了起来，并且将永远高贵下去。我对最好的事物的怀念，在我悲伤而寒酸的镇子上，终于找到了令人愉悦的虚幻假象。我还需要去嫉妒谁呢？怎样的古迹，怎样的废墟——怎样的大教堂或是城堡——可以留住我关于幻想的西部天空的绵长思考呢？我忽然就像置身于一座永无耗竭之日的宝藏上。摩格尔、金山、小银；无论生与死，你都可以无憾了。

CXXIV
葡 萄 酒

　　小银，我曾和你说过，摩格尔的灵魂是面包。其实不然，摩格尔是一个鼓鼓的明亮的玻璃酒杯，全年都在穹顶蓝天下，等待它黄金般珍贵的葡萄酒。九月一到，若是恶魔不在节日泼洒大雨，这杯里便会斟满葡萄酒，满到溢出来，仿佛一颗慷慨的心。

　　那时，整座镇子里都飘着浓淡不一的葡萄酒香，夹杂着碰杯的玻璃脆响。阳光化作流动的美，献出自己，只为那四夸尔托，只为享受将自己囚在白色小镇的透明空间里的感觉，只为让自己的鲜活血液盈满快乐。每条街上的每栋房子，被夕阳抚摸时，都仿佛胡安尼托·米盖尔或雷阿里斯塔酒馆里酒柜上的一瓶酒。

　　我记起了特纳[1]的《懒泉》，仿佛整个画作是用新酒完成的，

---

　　[1]　威廉·特纳（1775—1851），英国画家，被一些评论认为是印象派的先驱。

一片柠檬黄。摩格尔是葡萄酒之泉，这酒如鲜血一般，会从小镇的每个伤口涌出，永无止息。它是悲伤的快乐之泉，如四月的太阳，会爬上每一个春天，随后，便是日复一日的坠落了。

CXXV

寓　言

　　小银，我从小就对寓言故事有种本能的恐惧，教堂、宪警、斗牛士和手风琴也会带给我同样的恐惧。寓言作家借可怜的动物之口说话，让它们变得像自然史课上那些沉默、肮脏玻璃柜中的展品，令人厌恶。它们说的每一个词语，我是说，一位体弱多病、粗鲁刻薄、面色发黄的先生说的每一个词语，在我看来，就像玻璃眼珠，像束缚翅膀的铁丝，像撑起假花的底座。后来，这寓言，连同学生时代的书页与奖状，都被我抛在了记忆之外，直到我在韦尔瓦和塞维利亚的马戏表演中看到那些被驯化了的动物时，它才犹如一个不祥的噩梦，又浮出了我的脑海。

　　小银，在我成人之后，曾有一位寓言作家——让·德·拉封丹 ①——让我与那些说话的动物达成了和解，我想我已经和

---

　　①　让·德·拉封丹 (1621—1695)，法国诗人、作家，代表作为《拉封丹寓言》。

你聊起过他很多次了吧。有时，他的一句话，会让我觉得是秃鼻乌鸦、鸽子或山羊自己真正的声音。但是我从来都不会去读寓意部分，不去读文末那干巴巴的尾巴、那灰尘、那落下的羽毛。

小银，你显然不是通俗意义上的驴，甚至连西班牙皇家语言学院字典上的解释也无法为你定义。你就是我所知、所理解的你。你有你的，而不是我的语言，就像我听不懂玫瑰的话，而它也不明白夜莺的话一样。在我的一摞摞书籍间，你或许会多想，但却不用担心，我永远都不会把你写在一个寓言故事里，塑造成一个滔滔不绝的英雄，我不会把你响亮的声音和狐狸或红颜金翅雀的话语编在一起，然后在下方的斜体字中引出寓言作家那些冰冷、虚假的道德教育。绝对不会，小银……

CXXVI
狂 欢 节

　　小银今天真是英气十足！正值狂欢节礼拜一，孩子们都穿上了华丽的服饰，有的扮斗牛士，有的扮小丑，还有的扮公子哥儿，他们为小银配上了摩尔人的鞍具，上面满是红、绿、白、黄，各种颜色阿拉伯风格的繁复刺绣。

　　雨水，阳光，天气很凉。在午后的凛冽寒风中，圆纸片串成的彩饰齐齐地在人行道上方滚来滚去，面具后面的人都冻坏了，只顾将各样的东西当成衣兜，把冻得发紫的手插进去取暖。

　　我们到广场时，见到了几位扮成疯子的女士，她们身着白色长衫，散乱的黑发上戴着绿叶缠绕成的花环。几个人吵吵嚷嚷地把小银围住，手拉手，在它身旁开心地转起圈来。

　　小银有些困惑，它竖起耳朵，立起脑袋，仿佛火焰旁的蝎子，焦急地想从随便哪个地方逃跑。但它实在太小了，疯子们并不怕它，她们继续在它周围转着、唱着、笑着。孩子们看见它被困在那里，纷纷学起了驴叫，好引它也开口。整个广场变成了一场傲慢的演唱会，充斥着铜管乐声、驴叫声、笑声、民歌声、击打手鼓声和敲打研钵声……

终于，小银做出了决定，像男子汉一样，冲破了包围，哭着一路小跑，来到我身边，连那华丽的鞍具都掉了。它和我一样，完全不想过狂欢节……我俩在这些事情上一点儿都不在行……

CXXVII
莱 昂

　　我和小银分别在石凳两侧慢慢走着。在这个二月的和暖午后，蒙哈斯广场显得寂寥却喜悦，日头早早开始落了，医院上方的一抹紫红渐渐融在了一片金光里，我忽然感觉还有一个人与我们在一起。回过头去，我的双眼遇上了一句问候："堂胡安……"莱昂伸出手，轻轻拍了我一下……

　　是的，是莱昂，他已为傍晚的音乐会穿戴整齐，抹好古龙水。他身背方格小包，脚踏黑漆皮白线靴，绿色丝巾耷拉下来，腋下夹着他那对儿闪闪发亮的钹。拍了我一下之后，他说，上帝给每个人都安排了他擅长的事，比如，我能给日报写写东西……他呢，靠他的好听力，可以……"您啊，堂胡安，这个钹啊……是最难的乐器……唯一一个没乐谱的……"如果他想用自己的好听力给莫德斯托乐队找点麻烦，就会在他们练新曲子前，先给大家拿口哨吹一遍。"您看您这个……每个人都有自己擅长的事……您呢，给日报写东西……我呢，我比小银还有劲儿……您摸摸这儿……"

他把他年老谢顶的脑袋伸过来给我瞧，头顶中央，像极了卡斯蒂利亚高原、干巴巴的老蜜瓜，上面的一个大茧子清楚地证明了他工作的辛苦。

他又拍了拍我，跳了一步，冲我们挤了一下满是麻斑的眼睛，随后吹着口哨走了。也不知他吹的是什么进行曲，总之，都会是那晚的新曲目。但他很快又跑回来，递给了我一张卡片：

莱昂

搬运工帮会长老

摩格尔

CXXVIII

风车磨坊

小银，从前，我一直觉得这水塘是那样大，这如竞技场般的红沙丘是那样高！后来那些用自己的美丽影像填满我梦境的尖顶松树，当初，就是映在这片水面上的吗？有一次，我曾在阳光的迷人旋律中眺望到了人生中最明亮的风景，当时的我就是站在这个阳台上吗？

是的，那些吉卜赛女人仍然在，我对斗牛的恐惧感也回来了。那里一如往常地站着一个孤独的男人——是同一个人吗？还是另一个人？——一个喝醉的该隐，会在我们经过时说些毫无意义的话。他用唯一的眼睛看着路，看是否会来人……再将目光收回……在那里，荒凉与挽歌并存，只是，那荒凉是那样崭新，而挽歌却是那样残旧！

在故地重游之前，小银，我觉得自己曾分别在库尔贝[①] 和勃克林的画作中见到过这曾是我童年乐土的地方。我一直想将

---

① 古斯塔夫·库尔贝（1819—1877），法国画家，现实主义画派代表。

它的灿烂画出来，秋天日暮时的红，和松林一起，映在漫过沙地的玻璃般的水面上……然而，现在剩下的，却只有被二行芥装点过的记忆了。在我童年有魔力的阳光中，这记忆还是敌不过更强韧的东西，正如一张丝绸纸终究敌不过一旁明亮的火焰。

CXXIX
钟 楼

不行，你不能上钟楼上去。你个子太大了。如果是塞维利亚的吉拉尔达，或许你就能上去了。

我多希望你能上去啊！从钟楼的阳台可以看到小镇一片片的白色屋顶平台，还有它们的彩色玻璃顶棚和靛蓝花盆中的丛丛花朵。大钟运上来的时候，砸坏了朝南的阳台，不过，从那边，还是可以看到卡斯蒂约的庭院、迭兹莫酒窖，涨潮时，还能看见海。更往上，从挂钟的那一层，可以看到周边的四个小镇、开往塞维利亚的火车、里奥汀多的火车和佩尼亚圣母，接下来，需要跳起来抓住铁横杆，这样就能摸到圣胡安娜的脚，可惜圣像已被闪电损毁。太阳的金光淹没了神龛白蓝相间的瓷砖，如果你的脑袋从龛门探出去，一定能让伊格莱西亚广场玩斗牛游戏的孩子们大吃一惊，他们清亮又尖厉的欢乐叫声一定能蹿到上边来。

你得拒绝多少征服的喜悦啊，可怜的小银！你的生活就像去往旧墓园的那条短短的路，是那样简单！

CXXX

沙贩的驴子

 小银，你看克马多的那些驴子，迟缓、萎靡，载着沉重的湿沙，连袋子的尖角都撑得硬起来，他们用来抽驴的一根橄榄绿枝插在上面，仿佛插在一颗心上……

CXXXI
情　歌

　　小银，你看它。像马戏团场地里的小马一样，在花园里绕了整整三圈了，它周身洁白，仿佛温柔光海上唯一的小小浪花，再一次越过了土墙。我能想象它在另一边的野玫瑰丛中的样子，甚至可以穿过石灰墙看见它的身影。你看，它又过来了。其实，那是两只蝴蝶，白色的是它，另一只黑色的，是它的影子。

　　小银，世上有些极致的美是其他美妄图遮掩却始终遮不住的。就比如，你脸上最美的是这双大眼睛，夜里最美的是星辰，清晨花园里最美的是玫瑰与蝴蝶。

　　小银，你看它飞得多好啊！对它来说，这样飞是多么快乐啊！对我来说呢，这就像作为真正诗人的自己在享受诗句时的喜悦。它的一切，从身体到灵魂，都在自己的飞翔中沉淀，它一定觉得，这世上，我是说这花园里，已没有任何其他东西是更重要的了。

　　别出声……小银，你看它。就这样望着它单纯、轻盈地飞翔，是那么地美好！

CXXXII
死 亡

　　我看见小银倒在它的稻草垫上，虚弱的双眼透着悲伤。我走过去，一边抚摸它一边和它说话，想让它站起来……

　　小可怜儿的整个身体猛地动了一下，一条前腿跪在了那里……但站不起来……我于是把那条腿展开来，轻放在地上，又开始温柔地抚摸它，同时遣人马上去找它的医生。

　　老达尔庞看过它后，掉光了牙的大嘴嘴角朝后颈拉过去。他摇着涨红的脑袋，好像一个钟摆。

　　"情况不好，是吗？"

　　我也不知他答了什么……什么不幸会过去的……没什么……某种疼……不知道是什么毒草……在草地上……

　　中午时，小银死了。它的棉花做的小肚子肿得像整个世界那么大，它没有颜色的蹄子僵在那里，指着天空。它微微卷曲的头发像极了那些旧娃娃被虫蛀过的麻布假发，用手一摸，就在尘土飞扬的悲伤中掉落下来……

　　寂静的畜棚里，一只美丽的三色蝴蝶正盘旋轻舞，每次掠过从小窗射进来的光束，便会燃起明亮的光芒……

CXXXIII

怀 念

小银，你是看得见我们的，对吗？

你看得见果园水车那澄澈、冰凉的流水正在一片祥和中嬉笑，对吗？日暮时，勤劳的蜜蜂围着迷迭香飞舞，阳光仍照着小丘，迷迭香也随着光线变幻着绿、紫、粉、金的色彩，这些你也看得见，对不对？

小银，你是看得见我们的，对吗？

旧泉那儿的红色坡道上，有些浣衣妇的小驴。一片无垠的纯粹光芒将天地并合为一整块水晶，被这光辉包裹的那些瘸腿小驴都疲惫不堪，悲伤不已，这些你也看得见，对不对？

小银，你是看得见我们的，对吗？

孩子们疯跑着，从岩蔷薇间穿过，它们自己的花朵正在枝叶上安睡，仿佛一群点缀着洋红的轻盈白蝴蝶，这些你也看得见，对不对？

小银，你是看得见我们的，对吗？

小银，你真的看得见我们，对吧？是的，你看得见我。我想我模糊地听见了，是的，是的，我真切地听见了，在明朗的西部天空，你软软的、令人心酸的叫声，让葡萄园所在的整个谷地都温柔了起来……

CXXXIV
锯 木 架

　　我把可怜的小银的鞍具、笼头和绳索都搁在了锯木架上，一起带到了大谷仓里，把它们放在已经被遗忘的孩子们的旧摇篮间。谷仓宽敞、安静，充满了阳光。从那里，可以看到摩格尔的整个田野：风车磨坊，红红的，在左边；正前方，被松林遮住的，是蒙特马约尔，还有它的白色小教堂；教堂后面，是隐蔽的比尼亚果园；西边，是海，在夏日的涨潮时分显得高高的，闪闪发亮。

　　放假的时候，孩子们会到谷仓来玩。他们会从倒地的椅子上寻找无尽的材料做马车；他们还会把报纸涂得赭红，搭起剧院、教堂，还有学校……

　　有时，他们会跳上那台没有灵魂的锯木架，吵吵嚷嚷地跺着脚、拍着手，在他们梦中的草地上咔哒咔哒地走着：

　　"驾！小银！驾！小银！"

CXXXV
忧 伤

今天下午我和孩子们去了小银的墓地，就在比尼亚的果园里，那棵慈父般的圆松下。在它的周围，四月已经为潮湿的土地装点上了硕大的黄百合。

金丝雀在被天蓝勾边的绿色树冠中鸣啭，它们的叫声细小、绚烂，带着笑意，划过温和午后的金色空气，仿佛新恋情的一个清晰的梦。

孩子们陆陆续续地到了，也不再吵闹。他们安静、严肃，用闪着光芒的眼睛看着我，满怀渴望地用问题把我填满。

"小银，我的朋友！"我对着泥土说，"如果，像我想的那样，你正在天堂的草地上，用毛茸茸的脊背载着年少的天使，你，也许，已经把我忘了吧？小银，告诉我，你还记得我吗？"

之后，似是在回答我的问题，一只我之前没注意到的白色蝴蝶，轻盈而固执地飞了过来，仿佛一个灵魂，在一株一株的百合间轻舞盘旋。

CXXXVI
致在摩格尔天上的小银

咔哒咔哒走的温柔的小银，我的小毛驴，你曾那么多次地载着我的灵魂——只有我的灵魂！——在那些满是仙人掌、锦葵和忍冬藤的幽深小路上走过；现在，你应该已经可以理解这本关于你的小书了，所以我便把它献给你。

我要把它献给你的灵魂，此刻它应该在天堂中吃着牧草，在我们的摩格尔的灵魂——它应该也追随你的灵魂上了天堂——中徜徉。我的灵魂骑在它的纸背上，在开花的黑莓丛中向天空升去，每一日，都变得更加好、更加和平、更加纯洁。

是的。我知道，当下午落入暮色，当我在黄鹂和橙花之间若有所思地缓缓到达孤独的橙园，到达那棵哄你永眠的松树下时，小银，在长满永恒玫瑰的草地上幸福奔跑的你，会看到我，驻足在一株株黄百合前，那将是你碎在泥土里的心所开出的花朵。

CXXXVII
硬纸板小银

　　小银，一年前，在人类的世界中，出版了这本我写的、追忆你的书①，一位你和我共同的朋友便送了我这个硬纸板做的小银。你从你那里能看到它吗？你看：它是一半灰一半白的；嘴是黑红相间的，眼睛格外大，格外黑；背着几个泥做的驮篮，里面放了六个花盆，种着丝绸纸的花朵，粉色的、白色的，还有黄色的；它的头可以动，身体还可以在一块漆成靛蓝的木板上，借着四个凝灰岩的轮子走。

　　它让我想到你，小银，所以这个玩具小驴开始渐渐地让我感到亲切。所有进入我书房的人都会笑着叫它：小银。如果有谁不了解，问我那是什么，我便会告诉他：是小银。就这样，那名字渐渐地为情感养成了习惯，现在，哪怕我只是一个人待着，都会觉得那就是你，会一直用宠爱的目光轻抚它。

---

　　①　指1914年发行的第一版《小银与我》。

你？人类内心的记忆真是低劣！我甚至感到，这个硬纸板的小银如今要比你更是小银了……小银……

CXXXVIII

献给泥土里的小银

等一会儿，小银，我是来陪伴你的死亡的。我没有活过。什么都没发生过。你还活着，而我正和你在一起……我是一个人来的。小男孩们和小女孩们都已经长成了男人和女人。毁灭降临在了我们三个 ① 的头上，完成了它的作品——你了解的，我们站在它的荒芜之地上，拥有着最好的财富：我们内心的财富。

我的心！真希望他们两人的心也和我的心一样能得到满足。真希望他们能像我一样想问题。但是，还是不要了；他们最好什么都不要想……这样的话，在他们的记忆中，就不会有我的卑劣、我的愤世嫉俗、我的狂傲所带来的悲伤了。

除你之外，别人都不会理解的，所以，能和你聊一聊这些事，真好，真让我开心。我会调整好自己的行动，让现时的每一刻成就整个生命，让他们两人觉得它如过去般美好；让宁和

---

① 指诗人及他的母亲和兄弟。

245

的未来帮助他们，把那段拥有紫罗兰大小、颜色和轻柔芬芳的旧日时光安放在隐蔽的阴影中。

小银，你孤独地留在过去。但又有何妨呢？你已住在永恒里了，并和此刻的我一样，手中握有每一天朝霞中的太阳，它红得如同永生上帝的心脏。

摩格尔，1916 年

附录一　新版序言

在与慷慨的西马罗医生同住两年之后，我于 1906 年左右回到摩格尔，大约那个时候开始写《小银和我》。对另一个摩格尔的记忆、眼前的新村镇，还有我对田野和人的新认识融在一起，决定了这本书的诞生。那时，我常和我的医生路易斯·洛佩兹·鲁埃达一起在镇上走，看到了许多悲伤的东西。

起初，我想写一本关于回忆的书，比如《摩格尔的花朵》《童年的物与影》，或《安达卢西亚挽歌》。那时，我常在寂寥中散步，小银的陪伴像某种帮助，也像某种借口，我会把自己的情绪都交付给它。

很多人都问小银真的存在过吗？当然存在过。在安达卢西亚，所有有田的人，在公马、母马、骡子之外，也都有驴子。驴的用处和骡马不同，也不怎么需要照料。在田里走，它们可以载轻些的东西，可以驮累了的孩子，背患病的人。"小银"是银灰驴子的通称，就像"墨印"指的是深色的那些，而"白发"指的是白色的那些。事实上，我的小银不是某一头小驴，而是几头银灰驴子的集合。从孩提时代到青年时期，我先后有过几头驴子，都是银灰色的。我对它们的全部记忆构成了这样的一个存在以及这样的一本书。

少年时代，我更偏爱我的马"海军上将"，它给了我无尽恣意驰骋的享受与愉悦，我和它一起看过无数日出、午后和傍晚，也见识过许多暴风骤雨、农家田地和奇崛山峦。家里为我买下富恩特比尼亚的那片地后，我就开始更喜欢和小驴一起走在田里。我并不会骑它，只让它陪在身旁。这样的散步，驴是比马更好的伙伴，它们更沉默，也更胆小，但却耐心又谦逊。

1912年，我回到马德里。《阅读》杂志主编弗朗西斯科·阿塞巴尔在读过一些《小银和我》的手稿之后，请我选一些篇目放到他出版的"青少年特辑"中去。如我在这本小书的前言中所讲，我没有对所选文字进行任何改动。我（就像伟大的塞万提斯相信人那样）自始至终相信，想让孩子们兴奋、感动，不该给孩子们看打打杀杀的东西（骑士小说），而该给他们看怀着深刻、简单和明澈（同时也要细致温柔）情感所记录的真实生命、事物的故事。

《小银和我》并不像很多人说的那样是给孩子写的书，而是被选来给孩子读的书。

现在，我重新整理了它的文字，将它分成了三个部分：

最初的小银、成年小银、最后的小银。此外，我也自然地、直接地对它进行了一些修改调整，去掉了《木槿黄》《哪些》等篇目，让书整体显得更平整了些。

附录二　小银之死

　　堂弗朗西斯科是我的小银驴的最早的好朋友之一。这本书能走得这么远，也是因为他抓起小银的缰绳，把它牵到了生命的门前。

　　我在堂弗朗西斯科生前最后一次去看望他时，他已卧床不起，虚弱到了骨子里。他的斗橱上放着许多摞《小银和我》，科西奥告诉我，他把这本书当作圣诞和新年礼物，给许多异地友人寄了过去，已经转年到了一月，还在寄送。

　　那天，堂弗朗西斯科轻柔地对我嗡嗡低语，说他给我写过一封有些夸张的长信，谈论他初读《小银和我》时的感想，但后来却把它撕掉了，没有给我。他拉着我的胳膊说，是不想让我太骄傲。接着，他又与我聊了聊（科西奥和气地站在一旁，守着他，怕他累着）散文，聊了聊文字风格、风景，还有新吉诃德主题中的一些可能性，但没说几句就停了下来。之后，他拿起一本《小银和我》，缓慢而庄重地对我念诵起描述小银之死的那一篇。之后又更加迟缓地重复了一遍最后一段：

寂静的畜棚里，一只美丽的三色蝴蝶正盘旋轻舞，每次掠过从小窗射进来的光束，便会燃起明亮的光芒……

"就这样吧。"这句话被他忧伤地克制住，收进了心底。那刻突然有火光旺起来，他内里的光明和傍晚卧室里的光亮在他眼里融混在一起，于是他又像平日那样挤对起我来："您总是透着穷困潦倒的俄国小提琴手的气质。是啊，总写那些古怪的孤独，有谁理会呢？您应该写些政治诗，做奥尔特加憧憬的那种政治诗人。"随后，他又转换了语气："您已经成熟了，而我……"

科西奥委婉地请我离开。我们出了门。在科西奥勉强的笑声中，他从幽深眼眶里探出的目光，无可奈何地严肃着，一直延伸到门口。我知道，那就是最后的告别。

附录三　最好的朋友

　　小银，在所有的日子里，比起其他人类男性朋友，我都更愿意和你在一起（这话我已经说了许多遍）。当然，女性是不同的，不能比较，这你明白。更喜欢和你相处，就像更喜欢和一个孩子相处。因为你，像你，像一个孩子、一只小狗，还有我的马"海军上将"，会陪伴我，却不会夺走我的孤独（这我也和你说过很多次了），会容许这份孤独，同时不会丢我孤身一人在那里。

　　我可以在兴奋或悲伤中向你倾吐一切，小银，你觉得怎样都不错。你这样好，从不为任何事打断我，因为悠然自得的你并不需要打断我。即便你觉得我荒唐或自私，也不会说出来；你或严肃或出神地沉默着。你是高于我和其他所有人的，小银。因此，我们才能成为这样要好的朋友。我不喜欢和比自己差的人做朋友。

　　我们一起听远处小鸟啁啾，一起细嗅玫瑰，畅饮泉水，我们沉默，吃着橙子，微笑着，看云，在草地上打滚；做人们私底下认为不成体统的所有事。小银，在西班牙安达卢西亚摩格尔，对很多男人（除了牧师堂胡里安、埃乌斯塔基奥、胡安尼托·拉蒙和佩佩），甚至对很多女人（不是我身边的那些）来说，人仍然是克维多描述的样子。你明白我说的是什么意思，因为某个阴郁的下午，我在维尔德霍水车旁给你念过那文字。最有意思的是，他们甚至连想都想不到，像你这样的小驴，还有马、狗，以及对他们来说强健无比、位居雄性气质顶端的公牛，都喜欢我喜欢的那些细致幽微的东西，也不会觉得难为情。细致幽微的东西，小银，这为什么会成为问题呢？

小银，我有时甚至觉得，你的精神小驴、你的诗人小驴会脱离你。在你的身体推着我的身体时，你的幻想会推动我的幻想（我想起那首歌时，毫无疑问，你也想起了它，想起了那首关于小驴与人的民谣，那首你不能像小鸟、流水、洛里娅、松林间的风和我那样唱出来的民谣），让我在它之中找到世上所有的安达卢西亚的情感，你的和我的情感。

胡安·拉蒙·希梅内斯

附录四　写给法国西语版《小银和我》

《小银和我》青少年节选本将在法国与读者见面，这是这本书第一次以西语原版的形式在法国发行。这本由索里亚诺先生主持的巴黎西语书局出版的小书版式简洁、注重细节，是我喜欢的样子。书中还配有巴尔塔萨尔·洛沃所绘的迷人插图。

今天，在正要动笔为这一节选本写序言时，我收到了由罗萨达出版社在布宜诺斯艾利斯出版的这一节选本，在完整本在售的情况下，它也已重印了十二次之多。数算各个版本的《小银和我》对我来说会是很有趣的工作，但也不可能为每个版本都说些什么，毕竟有些恶劣的编辑不但偷印，还把书做得很丑，比起卑鄙的盗版行径本身，这是我更无法原谅的事。

《阅读》杂志的"青少年特辑"在马德里出版时，这一节选本作为其中的一册首次与读者见面，当时，即1912年左右，整本书的内容基本已经写完，编辑们从中选择了一些篇目做成了书（它后来也成为各个节选本的范本）。1916年，《小银和我》完整本的首版由卡耶哈之家出版社出版，几年之后，转由埃斯帕萨－卡尔佩出版社发行，再之后负责它出版的是学生公寓出版社。西班牙内战爆发的1936年，标志出版社接手了它的发行。以上出版社均来自马德里。1937年，埃斯帕萨－卡尔佩出版社在布宜诺斯艾利斯重新出版了完整本和节选本两个版本，这两版目前都仍然在售。随后，罗萨达出版社又同时发行了三个版本，其中第二个做得最好，却没有加印。巴塞罗那的古斯塔沃希黎出版社为各位藏书爱好者制作了一个精致至极的版本，书中配有何塞·蒙波的绝美插图。同时期，萨图尔尼诺·卡耶哈也在马德里重印了他们在1916年发行的版本，但新版略显粗糙，远不如早先的那版那样美。在这里，我得重申，我不愿谈论西班牙和西班牙语美洲发行的那些盗版书，我在美洲看到，其中的一些因为价格低廉，销量大得惊人。不过这也说明，在世界上的许多地方，大人和孩子都可以读到这本书的完整本或其中的片段。现在我可以骄傲地写下（说，我已经说过无数次了），《小银和我》最初的成功，都是"青少年特辑"出版时堂弗朗西斯科·希讷尔带来的。

　　1915年，即那一系列出版的两年多之后，堂弗朗西斯科病倒了，卧床不起。一个寒冷的早晨，被他视如己出的埃尔·格列柯的研究者玛努埃尔·巴尔托洛梅·科西奥给我挂了电话，请我过去最后一次向堂弗朗西斯科道别，也最后一次接受这位慷慨伟大的朋友的道别。尽管相差四十五岁，但他与我有着深刻的情谊。他的小房间刷了石灰，摆着一些西班牙常见的朴素家具、一张学生的单人床，还有他母亲留下的松木高背的蒲草宽椅，我进去时，看见斗橱上放着许多摞《小银和我》。见到我，他悲伤地笑了笑，大而纤薄的嘴为他发绀的脸开了一道口子。一双大眼睛眯缝着，像是被自己的光芒耀得睁不开的样子。他看着我，又看了看那些玫瑰色的书，对我说："从平安夜那天起，我已经送出了许多本。今年我的礼物是小银。"我们只见了几分钟，他太虚弱，其他人还在卧室旁的书房里排队等待看他。我不会忘记，在与堂弗朗西斯科永别之前，我们四手相握，随后，他轻轻松开右手，像是不想让那伤感延续，但左手仍在我的手中多留了一会儿。后来，他拿起身旁的一本《小银和我》，小心翼翼打开了它，那动作轻柔细致——他一向这样对待书，也这样对待一切好相处或不好相处的人、一切容易或棘手的事。他把书递过来，打开的是描绘小银之死的那一页。"很完美。"他缓缓对我说，"您应该永远这么简洁地写。"接着，忽然把书放在床上，再次把和脸庞一样青紫的手伸向我，勉强笑了笑："但不要虚荣。"

堂弗朗西斯科——墓碑上他的名字是弗朗西斯科·希讷尔·德·洛斯·里奥斯——下葬后，我在何塞·奥尔特加·伊·加塞特的《西班牙》杂志上发表了悼文；几年之后，我在"笔记"系列作品中内容涵盖不同主题的一册《此刻》里收录了对堂弗朗西斯科的回忆文章；现在则即将完成缅怀他的更完整的一系列文字，它们将被收录在《命运》的第一辑中，希望今年（1953 年）能够出版。我为许多亲爱的人与动物都写过挽歌，不知为什么，像是在寻找范本一样，我总会把它们与《小银和我》中关于死亡的那一页联系起来。弗朗西斯科·希讷尔在弥留之际说起了它，就像他将不久于人世的预兆。毫无疑问，正是他口中的"简洁"，让我将它与那之后所遇到的所有死亡都联结在了一起，也正是这"简洁"，让许许多多的读者都对这一页印象至深。

胡安·拉蒙·希梅内斯

波多黎各圣胡安

1952 年 12 月 24 日

叙 事 歌 谣 *

（1901—1913，选译）

I
秋至之歌

　　悲伤、潮湿的午后，满含隐喻的、离悼亡节已近了的天空在安静金合欢斜倚的枝叶间模糊地燃烧着。没有一片叶子在动。这个下午，梦着灿烂阳光的茶香玫瑰多愁善感起来，仿佛在天空勾勒出的消沉面庞。

　　鸟儿们沉默地来，黑色的身影陷入枝叶的晦暗里。已经厌倦了秋日黄昏的鸟儿！我向树走去，它们却不离开。安静地，只向落日西方微微变幻的图景转一转眼睛。

　　疲惫是如此自负！死亡是如此狂妄！

　　……能听见秋的到来。各处都能闻到它潮湿的身体，在此刻巨大的寂静中，它的言语飘落，仿佛某颗永恒且不可能存在的心所掉落的凋零叶片。

XX

破碎的美妙之歌

不在任何时候，也不在任何地方；我们在绝对里。我们的生命只是一条为了让这一刻不落后而通往那一刻的路，我们本该去死……我曾想死……

从小，我就穿过各种形状、各种颜色向你走去；但在此刻之前，在我们的眼这样复刻着我们生活的此刻之前，我从未成为我……但我并不想死……

我望着你的眼底，看着你生命的路。你一直向我走来。为了让你不再走向他人，我们应该去死。

我毁了我的路，把它放在了你心里的尽头：望着你的眼，我看见你的那条属于我的路已是过去，已经苍老。我并不想死。

在某个时间点到来之前，在我们置身某个地点之前，在生命侵占绝对之前；在你我变成他人之前，在某个胁迫我们的时刻来临之前，唉！在成为小男孩或小女孩之前，我们应该死去……但我并不想死。

XXXVII

多重死亡之歌

我想被埋葬许多次，承受胸膛和口中泥土的冰冷与重量，在每一个已经逝去的亲爱的人的身旁。

我想死在许多地方，在许多个墓园里成为慰藉……我希望自己曾爱过世上所有的生灵，并在他们的身旁死去。

我想永远活着，每天在每个国家死去一遍，承受所有痛苦，面含所有微笑，满怀所有愤懑……

XL
三月的圆月之歌

三月的圆月已再次出现。你为我的眼染上了晶莹的蓝。一年前望着你所想的那些事，一件都没有实现。我还在同一个地方，没有新的爱人，心怀同样的苦痛！

怡然自得的你，纯白的行者，自由地、不冒丝毫风险地见证了地上一年的所有痛苦和爱恋。你一定曾为上百座塔染上自己的银光，一定曾在上百条河中畅泳，一定曾有上百位柔情女子向你伸出赤裸的手臂，一定曾有上百位诗人为你吟唱诗歌。

今天，你回来了，但仿佛已不是一直以来的那轮月，而是一轮纪念日的月，是一年前的那轮月，那轮带走了我投向某段神秘旅程的痛苦目光的月……

你是这样古典，三月的圆月！如天庭雅典娜的身体，如一位永恒女神的小腹，如帕拉斯的盾牌，永远美丽，贞洁，在天空继续着你的路。

LXVIII
死亡的温柔之歌

我想一直待在墓园里,活在那里。上帝啊,为什么我想在墓园活而不是死?为什么墓园对生命比对死亡更温柔?

喧闹的鸟儿从葡萄园来,猛地冲进墓园,惊叫着,在泛着金的绿色意大利柏上啄来啄去;红色天竺葵被阳光点燃,炭火般耀着人的眼;一只在空壁龛里筑了巢的黄鹂飞出来,像唱着歌的金色花朵;蜜蜂也赶来,为逝者的坟上玫瑰的蜜;远处,透过铁栏杆可以看见,紫罗兰色的河上有只慢慢的白船在绿松间漂过……

多么温柔啊!人们不说话,或只是低语;旧时的爱在地下安息,患肺痨的姑娘,一个写诗句的年轻人……我在来时想着那些被死亡打断的爱,想着因忧郁或激情而死去的新娘。我悲哀地想着她们,仿佛她们在很远的地方……但……她们就在这里……

我曾以为死亡很远,得沿着这条被金合欢簇拥的葡萄园的路继续走很久……不是的，路只是自己默默延伸；死亡就在这里，离镇子最后几排土坯墙不远……为什么，我的上帝，我并不想死？又是为什么，墓园对生命比对死亡更温柔？

LXXVIII
路边花朵之歌

围墙下粉色的、天蓝的、黄色的小花儿的卑微生命!

忍受着皮靴、木杖、噬咬,你们离土地那样近!当午后的阳光唤你们透出芬芳的喜悦和金色的悲伤,驴子扬起的尘土又会染脏你们的温柔!

不可言说的一连串甘甜。绽放的青涩年月。哦,微风的玩具!你们为万物而开,也不为什么而开。你们为驴子而开,为山羊而开,为阉牛和人而开。你们有鲜嫩丝绸的心,却长在路边!

你们是承诺,也是危险,你们让遗憾更纯粹,让失败更平和。无论为小路献上多少芬芳,他们都会给你们带来伤害的尖刺。哦,粉色的、天蓝的、黄色的花朵,阳光与微风的女儿!

XC
离别之歌

为什么我们会在离别时哭泣？有什么倒塌了？抑或，有什么凋谢了？

是在两个生命间打开了一座坟墓吗？泛着锦葵色与黄色的死亡模糊地走过去。

走了的人在身后留下什么？为什么会回头去看西边？

留下的人为什么会挥手，流下芦荟的泪？

……路、河、海、大道、玫瑰与欢笑的杀手。

CXIV

染血的海之歌

整片海都在淌血。这样大量的血，我不禁把手放在了心口。

是如海那般大的我的心在黄昏的翅膀上淌着血吗？

宽广而悲伤的海平线上，太阳如一颗巨大的红心。

是一颗血淋淋的、倾斜的心映在了虚幻的、黄昏的金色玻璃上吗？

浪来了，一排接一排，红色的、紫色的、黑色的。

是生硬的、载着雪的、悲剧的夜落在了我心里无尽的鲜血上吗？

CXXI

好 运

　　一片提前到来的、模糊的寒冷，掠过了褪色的日头，弄皱了池里的水，触动了我抚摸的玫瑰。令人束手无策的愁思浓起来，我想扔掉这把残废人的座椅，抬头看了看天……接着便哭起来……

　　秋日礼拜天的城市。午后三点的阳光下，高塔、人流、玻璃的彩色主义。黑色海水的港口里、耸立的桅杆间，哥特高塔的石针尖顶在颤抖！火车穿过的田野！繁枝茂叶间的河流！

　　没有比死亡更好的避难所。一个女人走过去，背着重物，身体强健，在花园的栏杆前用她没有更多愁思的双眼看了看我——看了看瘫在沙发躺椅上的我——带着她的不曾受过折磨的红润，责备似的嘟囔道：

　　"运气真好！"

CXXIX

痛苦的美之歌

朋友们，男性朋友的信——以及女性朋友的信——悄然而至，来找寻我的痛苦。它们带走了它，之后他们会说它很美……说我的痛苦很美……说……说……

痛苦在他人看来很美……被裹在五月午后阳光里、芬芳的玫瑰里还有星辰里的我的痛苦，如一只温柔的夜莺……

哦，读着它很美，不是吗？为了……而来，为了让它独自……消沉……独自……被抛在充满饥饿和干渴的洞穴，抛在一片……的……的……遗忘里。

他没有痛苦就不能活……他们说……他的痛苦真美……诗句冒出来，诗句冒出来时带着怎样的香气，他可怜的心里冒出诗句时带着怎样的苦闷……

是的……是的……血在流，为着那份美……诗句很美……为的是……之后我的朋友们，我男性朋友的信——以及女性朋友的信，唉——来找寻……我的很美的……很……很……的痛苦……

CXLVII

外国女郎之歌

在肉体的欢愉中，我们联结起了两个相互陌生的思想。你一生的愁思、我一生的愁思，在爱的光晕中缠绕，它们这样近，在你的身体的震颤之外，竟无法再理解旁的东西！

你一生的情感有哪些？你就在我身旁，但我却忽视了你隐埋的东西。我不知道你的心有过怎样的风景，不知道哪些时刻在你额头留下了它们的余波。你可以骗我，我也可以骗你。只有我们的爱的颤抖是真实的。

唉！透过生命，你感受到了什么？在哪些花园、在哪些房间，在哪些时候你曾梦过？怎样的华美日落时分或哪些人曾见识过你的惬意？怎样的曙光曾唤醒你的消沉、慵懒和苦楚？

你犯过多少罪？谁是你最初的爱恋？什么动物、哪些花朵曾唤醒你的情欲？在梦中，你曾向谁伸展开了手臂？你的恨意向谁燃起，又在哪里刺出了它满怀憎恶的黑匕首？你用什么动物、用哪里的泉水止住了你的饥饿与干渴？

我们拥抱彼此。你的生命在我的生命里流淌，我的也在你的里流淌；我们如河水般，在看不见的、永恒的浪里融会在一起。你是完满的你，我也是完满的我。但……我并不认识你所知道的你，你也不认识我所知道的我。

　　陌生的女人。把你生命的风景展示给我吧。睁大眼睛、伴着我的心跳所托着的你的心跳告诉我。感受你春日的热浪……梦着……海……算了……都一样。我永远都无法相信你，而你的无视也总会让我哭泣……

CLVI
童年的月亮之歌

我的孩童的大眼睛追逐月亮。

在圣马利亚街探出头的月亮在钟楼的蓝细砖上留下了它银白的悲伤……

我的孩童的大眼睛追逐月亮。

CLIX
黄菊之歌

　　你们再次重生了，黄色的菊花，属于逝者的花朵，在这个仿佛十一月的悲伤春日。你们为他们而生，没有香气，只有这些夜晚的月的颜色，澄澈而虚弱，仿佛夜晚花园里的光。

　　风伴着月亮，银白的树微微点着头。还重复着它黑色的叹息。整个蓝色天顶上布满了正在震颤的星辰。

CLXI

在甜美爱恋的时代……

在甜美爱恋的时代，我们都还是少年，我给她的第一个吻，吻在手指上。后来我吻了她的所有手指，后来吻了她的眼睛，后来是嘴，再后来……

哦！那么多的吻。我总是用白色的吻拥着她，仿佛三月的杏树。

生命的春天过去了。那时所有爱意的装饰物都渐渐留在了身后的记忆里。甚至，在有些日子里，我们会忘了彼此。肉体也变了。她掌心的痣——哪颗痣？——也丢在了刚刚弥漫起的蒙蒙白雾里。

一件悲哀的事——一个女孩子的死让我们想起了我们爱情的死亡——又将我们带回了那栋飘荡着那么多个吻的房子。爱哭泣着，从我们的深处浮起。唉！啊，失去的爱！那一次，为了再吻一下她的嘴，我不得不从她的手开始吻起。

CLXXI
失落图像之歌

　　那天午后下着暴雨；铅色的乌云拆散了天空锦葵色的光线，风吹乱了长黄色新枝的树……一个小女孩，清新、完美的女孩，将自己的恐惧藏在了年轻母亲的裙摆间，母亲则从孩子的上方望向我。哦，女孩那双金色玻璃般的眼睛、卷翘的金发，都藏在母亲的黑白丝绸裙间！阴暗、色调、生动和僵死的高雅糅混在一起！

　　后来，她们离开了……走远了……但那暴雨的午后留在了我的生命里，带着它灰色和锦葵色的争斗、被风摧残的黄树，带着它金色玻璃般的眼和掩在年轻母亲黑白丝绸裙间的小女孩的卷翘金发！

　　一天，那位母亲给我写了封信：我女儿的眼睛颜色已不再那么浅，头发也不再那样金；青春已经开始把一切染黑。

　　一天，我们六目相对。天蓝的、栗色的、黑色的光和微笑与淡金色的、颤抖的回忆碰撞在一起，随后便迷失在了地中海花园中的阳光里，仿佛迷失在了四月黎明的断续的梦中。那双

277

唇用新鲜的血、锦葵色的血、玫瑰色的血画出了友谊的——或是爱情的？——快乐的——是快乐的吗？——字词。一道现时的、想找到它位置的闪电将那亲爱的、老旧的图画抛出了我的前额。荒谬而野蛮的人生，杀掉了那些图像！

一幅尚未有意义的崭新图像，擦除了被抚摸了那么久的、清新温柔得如灵魂水彩的老旧图像。新图像随后也成了老图像，被向往，被热爱，如同春天后的夏日、美梦后的人生、友谊后的爱情。后来，又有新的图像出现，将它和带来痛苦与黑暗色调的那幅图景通通擦除……艰苦而悲哀的生命用真相的吼叫不断地驱逐着记忆的香气。

PLATERO
Y YO